Histórias de uma garota malcomportada

FÓSFORO

NETTIE JONES

Histórias de uma garota malcomportada

Tradução do inglês por
NINA RIZZI

Para minha filha, Lynne C. Harris

O peixe humano é intrigante e complexo; a aparência de suas barbatanas engana.

Jean Toomer, *Essentials*

Prólogo

Em um dia de maio a sra. Annie Simmons desfilava por sua varanda nuazinha-em-pelo, a não ser pelos chinelinhos de cetim cor-de-rosa com salto e um pequeno colar de contas baratas de cor coral. Eu vinha da escola para almoçar em casa, caminhando pelo lado dela da calçada. Ela parou no topo da escada como quem estivesse ouvindo uma música ao longe. Quando a reconheceu, bateu palmas, sorriu, levantou uma perna, e então a outra, e começou a balançar os quadris de um lado para o outro. Depois ergueu a perna mais uma vez, bem alto. Os seios mirrados balançavam enquanto ela descia os degraus bem devagarzinho, levantando, balançando, gingando mais. Pelos ruivos e crespos cobriam suas partes íntimas. Ao alcançar o último degrau, ela abriu os braços, bateu palmas, estalou os dedos, balançou a cabeça e recomeçou a coreografia. Levanta! Balança! Ginga mais! Já na beira da calçada, ela se virou e encarou a casa, dobrou-se pela cintura e começou a se curtir. Quando as coisas pareceram ficar boas para ela, a polícia surgiu derrapando na esquina. Dois policiais loiros pularam de um camburão e o sr. Simmons saiu da casa, chorando, carregando uma colcha de retalhos. Sua esposa estava agachada como uma cadela, se tocando, e os sujeitos correram e a derrubaram de costas. O sr. Simmons jogou a colcha em cima da cabeça da esposa. Depois pulou em cima dela, segurando-a no chão. Deu para ouvi-lo dizer: "Ah, Annie! Bebê! Minha bebêzita! O que que tá acontecendo, Annie?". Essas foram as primeiras palavras que me lembro de ter ouvido o sr. Simmons dizer para alguém além de "bom dia". A sra. Simmons não respondeu. Só ficou lá olhando para o céu, com ranho escorrendo do nariz e uma saliva grossa nos cantos da boca. Quando foram buscá-la, olhou para eles apenas o tempo suficiente para cuspir na cara do sr. Simmons. Depois disso, ela fechou os olhos, parecia dormir.

PARTE 1

Desligar

Jason Steel

Jason tinha um sorriso torto e um jeito torto, chamava a si mesmo de Pasqua porque achava que seu pai era meio mexicano. Com orgulho disse: "Sou meio mexicano, meio irlandês, meio chinês, meio espanhol, meio indígena e meio negro". Em que ordem e em que proporções? Foi o que me perguntei, olhando o rapaz alto, magro e de cor amarelo-merda na casa dos vinte que estava deitado todo sorridente ao meu lado. A irmã dele estava de férias e nós estávamos na cama dela. Jason tinha orgulho da irmã tanto quanto da própria ascendência internacional. Ela era meio judia, descobri depois. Ele estava tentando me beijar. Eu fingia não saber dar beijo de língua. Veja bem, os dentes de Jason não eram apenas amarelos. Os que sobraram estavam cariados; umas manchinhas pretas do tamanho de formigas pintavam os dentes da frente. Tinham uma grande brecha, que, conforme o ditado dos mais velhos, indicava que ele mentia muito. Eu não gostava de me deitar na cama da irmã com ele e não gostava dele. Mas eu tinha que fazer o que ele queria, pensava, por causa da minha condição. Minha menstruação não vinha e normalmente isso não indica menopausa quando se tem dezesseis anos. Eu estava apavorada de não obedecer, de ele perceber que eu não gostava dele. Fechei os olhos enquanto ele puxava de mim o edredom e o lençol de cetim branco da maninha. Eu não queria ver a coisa grande dele nunca mais. Nem queria olhar enquanto ele puxava minha anágua e descia minha roupa de baixo. No início dos anos cinquenta, as boas meninas não olhavam. Com certeza elas não se despiam para nenhum rapaz. Aposto que minha mãe nunca fez nada disso.

"Que belo corpo você tem", ele disse enquanto baixava pouco a pouco a calcinha de algodão branco por minhas pernas e pés. Eu realmente não sei se Jason estava mentindo, já que eu devia ter uns vinte e cinco anos quando ousei olhar para o meu corpo com atenção suficiente para poder avaliar. Não tinha visto o meu próprio cu até os trinta e três. Torci para que Jason não olhasse para os meus pés gigantes quando minha calcinha passasse por eles. Eu odiava meus dedos; os dois primeiros eram tão grandes quanto o dedão. E com dezesseis anos eu já tinha calos de tanto tentar enfiar um tamanho 38 em um 36. Jackie Kennedy fez mais por mim nos anos sessenta do que qualquer outra pessoa quando publicaram o tamanho de seus pés no *Detroit Free Press*. Jason tinha pés realmente pequenos para um cara de um metro e noventa. Eu diria que era um 42, de peito largo, dedos curtos e um calcanhar bem arredondado. Já as pernas finas ficavam melhor cobertas; eram retas e sem pelos. Ele não olhou para os meus pés; estava ocupado demais tentando se enfiar em mim. A brilhantina de seu topete deu nojo ao encostar na minha barriga, que ele beijou fazendo estalos enquanto passeava pelo meu "belo corpo".

Tentei manter minhas coxas unidas o máximo que pude quando ele chegou ali. Abri os olhos apenas o tempo de notar o teto dourado da maninha. Nossa, como eu queria que ele pulasse essa parte do dedilhado. Eu odiava aquele dedo entrando e saindo do meu corpo com desleixo. Só me deixava irritada. Virei o rosto bem devagar no travesseiro. Não queria que ele visse a repulsa escancarada nos meus olhos. "Você tá pronta?", ele perguntou meio rouco enquanto se esgueirava pelo meu corpo. Tentei relaxar porque sabia que na hora que ele sentisse sua coisa na minha, iria me atacar com toda força. Jason, como tantos homens que conheci desde então, amava entradas dramáticas. Talvez, pensei enquanto ele remexia os quadris, se eu o ajudar a me machucar, eu perca o bebê. Não vou precisar contar para ninguém.

"Isso, Lewis, vai. Ai! Que delícia. Você gosta, num gosta? Sei que gosta", ele disse sem fôlego num balanço para trás. "Você age como se nem gostasse." Ele estava socando forte nessa hora. O suor escorria por minhas coxas, fazendo uns barulhos estridentes. De uma vez, ele levantou minhas pernas e colocou nos ombros. Ele estava pronto pra se cravar em mim. Eu me aproximei sem vergonha do peito amarelado dele, estreito e sem pelos, abrindo minhas coxas o máximo que pude. Tentei engoli-lo, pensei sentir o sangue.

"Acho que tô sentindo sangue", eu disse. "Não quero sujar os lindos lençóis brancos da sua irmã."

No banheiro, desenrolei o papel higiênico freneticamente e enfiei no meio das pernas. Nada de sangue, só aquele ranho mesmo.

Enrolada numa das toalhas amarelas felpudas com as iniciais de sua amada irmã, voltei para aquele quarto e me arrastei de novo para o lado dele, na cama daquela mulher. Ele estava deitado lá com as roupas de cama ainda jogadas pra trás, enrolando uma mecha de cabelo com os dedos, bebendo um copo de Ki-Suco e assistindo a um filme antigo de Alan Ladd. Esperei até o intervalo antes de dar a notícia. "Tô grávida. De uns dois meses, acho", eu disse com delicadeza, encarando-o pela primeira vez em muito tempo, ao que parecia.

Ele sorriu com malícia enquanto voltava a assistir ao comercial. "Grávida? De quem é o bebê? Alguém que eu conheço?"

JASON E OITO DE SEUS AMIGOS curraram uma garota uma vez. Eles são de um clube de elite chamado Quadrilles. Jason era o presidente e fundador; doze dos membros participaram desse projeto. Tenho certeza de que a única razão de não ter sido convidada foi porque Jason não podia ser visto comigo na minha condição (conversávamos pelo telefone quando todos em nossas casas estavam dormindo).

Uma das garotas ficou de orelha em pé quando se deu conta que a proporção era de nove para duas na festa. Ela saiu de fininho pela porta dos fundos quando foi ao banheiro, ouvi dizer, sem falar com a outra. Jason e os caras embebedaram a moça com vinho barato. Então ele a levou para o quarto da maninha e mostrou o quanto a amava. Ouvi dizer que depois que ele terminou de mostrar seu amor, todos os outros entraram e se revezaram para mostrar o quanto ela era amada por eles também.

No dia seguinte, a garota foi hospitalizada em sigilo por sua mãe em estado de histeria. Nenhuma das duas nunca denunciou Jason e os amigos dele. Mãe e filha estavam muito envergonhadas.

“JASON”, SUSSURREI AO TELEFONE tarde da noite. “A gente não precisa se casar agora. Minha mãe me levou numa aborteira que uma amiga dela recomendou. Ela disse que por um triz não era tarde demais, mas ela tentaria. Vai ficar tudo bem de novo”, eu disse, olhando pra minha barriga inchada. “Ela disse que tudo indicava que seria hoje à noite.”

“Como ela fez isso?”, ele perguntou.

“Com um cabide”, respondi sussurrando.

Peter Brown

Minhas meias soquetes brancas estavam com poeira do cascalho do parquinho quando cheguei para a aula de estudos sociais no primeiro dia da oitava série. A parte branca dos meus oxfords envernizados estava suja de lama. Os mocassins pretos do novo professor da disciplina quase refletiam na sala, de tão brilhantes que eram. Ele estava parado na porta do corredor conversando com a sra. Hiller e a srta. Weinstein. A sra. Hiller continuou passando as mãos pelos longos cabelos ondulados. A srta. Weinstein não se abalou, continuou tocando o braço dele, bem no lugar em que a camisa branca engomada estava dobrada. De vez em quando, todos riam. Para mim, aquela risada parecia uma cidra de maçã dourada e transparente.

Naquele primeiro dia, ele nos fez formar um círculo ao redor dele e então leu poesia para nós. Robert Frost: "Tenho promessas a cumprir e quilômetros a trilhar antes de dormir". Achei que o sr. Brown estava lendo para mim porque sempre que eu olhava para ele, ele estava olhando pra mim com um sorriso nos olhos. Quando estávamos no parquinho, Betty Washington jurou que ele estava lendo para ela. Ela disse que sabia disso porque sempre que olhava para ele, ele estava olhando para os peitos dela.

Ela tinha os maiores da classe. Minha avó disse para minha mãe, quando achou que eu não estava ouvindo, que era bem provável que Betty Washington deixasse que os meninos a apalpassem e que era por isso que eram tão grandes. O sr. Brown fez de Betty a capitã da sala de leitura.

Numa tarde de terça-feira, pouco antes do Natal, quando saía da Pauline's Beauty Shop, vi o sr. Brown de carro deixando Betty na porta da casa dela. Ela estava com uma caixa grande embrulhada em papel dourado e fita verde numa sacola de compras da J. L. Hudson's. Ela não me viu. Mas ele, sim, enquanto virava lentamente seu novo Mercury preto. Acenei, é claro. Enquanto dirigia até a calçada na minha frente, ele estendeu a mão e abriu a porta. Entrei e pisei no casaco de lã da Betty que estava no chão do carro. O banco ainda estava quente. Ele não disse nada além de "Oi". Então começou a dirigir sem nenhuma pressa pelo monte Elliot, na direção oposta à da minha casa. Não parou até chegarmos ao parque Belle Isle. Eu não disse nada quando ele colocou a mão no meu joelho. Ele manteve a outra mão no volante e olhava para a frente. Acho que eu não respirava quando ele se virou e deslizou a mão onde Walter, o garoto que morava do outro lado da rua, costumava tentar tocar quando brincávamos de médico no quintal. O sr. Brown suspirou e mexeu a língua entre os lábios enquanto puxava minha calcinha branca de algodão para o lado. Fechei os olhos com força quando ele começou a me esfregar e apertar lá embaixo. Começou a falar com uma voz suave. "Eu quero ver", ele sussurrou, colocando a cabeça debaixo da minha saia, levantando-a só um pouco. "Como os pelinhos de seda na cabeça dos bebês", sussurrou. Apertei os olhos com mais força. Acho que apertei as pernas também, porque ele as pegou com as mãos e voltou a abri-las. Quando começou a me beijar ali, lágrimas caíram de meus olhos. Mais ou menos nessa mesma hora, espreitei seu rosto porque me deu a sensação de que eu estava mijando.

"O HOLY NIGHT" ERA A MÚSICA que o organista da igreja tocava baixinho ao fundo enquanto eu esperava pela segunda cerimônia de casamento de Peter Brown, sábado, na véspera do Natal de 1962. Meu novo amigo Woody e eu sentamos ao lado da porta por onde Peter entraria com o padrinho. Organizei esses assentos com toda graça. Queria que meu belo e sorridente rosto fosse o único a cumprimentá-lo quando entrasse na igreja. Com recato, joguei o véu dourado do meu chapéu pillbox para trás para que ele pudesse me ver bem. Os convidados à nossa volta sussurravam naquele tom de funeral sobre como ela organizara tudo de forma tão adorável. "Ela contratou uma banda que de modo geral só toca em recepções da Grosse Pointe. Eles vão pra Ocho Rios em lua de mel. Ela é tão sortuda." Eu ainda estava decidindo se deveria levantar a voz ou não quando aquela velha baboseira de alguém se opor ou se calar para sempre surgisse durante a cerimônia. Eu estava bem satisfeita de ver como Woody tinha um ar de ricaço sentado ao meu lado. Queria que Peter surtasse quando visse o vestido de contas douradas que me deixava quase nua por baixo do casaco de vison que era da minha amiga Sestra. Meu plano era que ele me visse com o vestido um pouco antes de ir encontrá-lo na fila da recepção e dar-lhe um beijo de verdade no rosto. Ainda sentia os arranhões entre minhas coxas onde a cabeça de Peter estava apenas quatro horas antes.

"Lá vem ele", disse para ninguém, cheia de entusiasmo, enquanto a porta do saguão se abria e Peter saía ao som do que pensei ser a melodia de "O Little Child of Bethlehem".

"Esse aí é o Peter, meu professor degenerado", disse para Woody enquanto Peter abria um largo sorriso para mim. "Ele não é lindo?", sussurrei enquanto olhava para as costas de Peter.

"Pra mim ele parece mais um garçom com esse fraque", Woody sussurrou, colocando o longo braço em volta dos meus ombros.

Sestra disse que leva doze horas para um homem da idade dele se recuperar, pensei enquanto o organista começava a tocar "A marcha nupcial". Eu me vi em pé em cima da cama deles naquela manhã, chorando, bêbada da garrafa de champanhe que tomamos antes de fazermos amor e me ouvi perguntando mais uma vez: "Por que ela?". E ele novamente respondeu, com sua voz de menininha, ainda deitado e pelado, enrolado como uma cobra olhando pra mim: "Ela me entende".

"AQUELE FILHO DA PUTA", sussurrei enquanto subia correndo os degraus do apartamento dele, ainda úmida do seu corpo. "Eu tinha doze anos. Ele tinha vinte e seis. Jesus Cristo, ele me fode desde que eu tinha doze anos. Eu nem pagava a entrada inteira no cinema quando ele me molestou." Subia os degraus correndo, chorando. Minha respiração começando a assumir aquele som animalesco. Não conseguia fechar a boca pra respirar. Meus olhos doíam pela distensão que a raiva estava causando.

"O que você quer, Lewis?", um Peter sem camisa perguntou, bloqueando meu caminho pra dentro do apartamento. "A Jodi está dormindo. Mais tarde eu falo com você", ele prometeu, sussurrando, enquanto eu tentava passar.

"O que você quer, Lewis?", Jodi gritou do quarto. "Pode entrar, eu já tô me levantando", ela disse com um sotaque rouco do sul da Flórida.

Escapando do domínio dele, corri pra armadilha dela. Jodi estava deitada na cama gigante de bronze, nua, fumando um cigarro com cheiro turco. "Toma, pega um anelzinho", ela disse, baforando um anel de fumaça perfeito na minha direção. Até que ela tinha tudo em cima para quarenta e três, muito bem cuidada. As pernas curtas e bronzeadas estavam meio abertas.

"Ela realmente tá muito louca nessa manhã, querida", ele disse, parado na porta.

"Louca", eu disse pegando e socando a cabeça dele. Enquanto ele me agarrava, parecíamos aqueles dançarinos apaches. Aterrorizada com nosso abraço, fiquei ali inerte por tempo suficiente para que ele me soltasse. Quando me soltou, ergui a cabeça, limpei a garganta e cuspi na cara dele. Acertei entre a testa e o nariz. Seu olhar de surpresa inocente durou apenas um segundo. Quando ele começou a se aproximar de mim, ela gritou:

"Não faça isso, Pete. Ela meteu o pé na própria bunda."

Olhando primeiro para ela e depois pra mim igual uma criança confusa, ele perguntou:

"Qual é o seu problema, Lewis? Eu fui honesto com você. Achei que tinha entendido." Então ele se virou lentamente e saiu, deixando nós duas sozinhas. Eu queria implorar para ele ficar e contar para ela que me amava.

"Conta pra ela que você sempre me amou, desgraçado" explodiu de dentro de mim. "Pervertido, estuprador, molestador de crianças asqueroso" jorrou da minha boca naquele quarto em silêncio.

"Pete já me contou que você é louca", ela disse da cama. "E estava certo, né. Ele me contou que tenta te ajudar desde que você tinha doze anos."

"Me ajudar?", gritei. "Me fodendo? É?"

"A maioria dos homens acredita que o próprio pau é melhor do que penicilina", respondeu, indo para baixo das cobertas. "Lewis, eu tô com muito sono", ela falou devagar. "Porque você não vai pra casa, conversa com seu pai. Talvez ele te explique que buceta não é nada pra maioria dos caras hoje em dia. Não é nem sagrada mais. Nem rara. Se toca, Lewis, tenta oferecer algum dinheiro em vez disso, ou compreensão. Ofereça algo que seja raro de verdade."

Eu tremia de vergonha.

"Foi isso que você ofereceu pra ele?"

"Exatamente. Usei a cabeça. Peter pode ter a buceta que quiser em troca de noitadas e mentiras. Você, minha querida, perdeu hoje um bom amante e um velho amigo. Ele se importava com você. Desliga o cérebro da buceta, garota", ela disse, se virando com preguiça na cama, fingindo dormir.

"Quantos anos você tinha quando desligou?"

"Ah, uns trinta e cinco", ela sussurrou sonolenta.

"Eu ainda tenho trinta e dois. Valeu pela dica. Agora posso passar mais três anos como uma velha ressentida e amargurada", respondi, saindo do quarto.

"Ressentida e amargurada, não, Lewis, quem sabe pacífica e meiga."

"Prefiro ficar ligada, Jodi. Ligada eu me sinto viva", gritei batendo a porta do apartamento deles.

Woody

A primeira vez que vi Woody, ele estava no bar de Peter Brown, observando os convidados do Peter dançarem. Eu o notei porque ele tinha um sorriso no rosto o tempo todo. Levei anos para entender que um rosto sorridente nem sempre indica felicidade. Ele tinha chegado com duas mulheres: Peaches e Isadora. Peaches atirou em si depois que o quinto marido a chutou escada abaixo. Isadora foi para Nova York e desapareceu. Alguém disse que um dia a viu entrando numa grande limusine perto do Gramercy Park, parecendo uma dama importante. Ela não falou nada. Há rumores de que estava se passando por branca.

Quando Peter colocou uma música lenta e diminuiu as luzes, esqueci Woody. Estava bêbada demais para fazer qualquer coisa além de olhar pro meu homem Peter, dançando com sua mulher Jodi. Pensei que fosse ter um treco. Peter era minha vida inteira. Ele era minha vida desde que eu tinha doze anos.

Jodi estava dançando o *run-around*, girando num ritmo frenético. Peter estava fazendo a dança do *pony*. O cabelo longo e cacheado dela quase roçava meu rosto, de tão perto que estávamos. Eu queria agarrar aqueles cabelos e puxá-los até quebrar seu pescoço. Para fugir desses sentimentos, me concentrei no Woody.

"Tem fogo?", perguntei, com o cigarro balançando nos lábios.

"Claro que não", ele respondeu, sorrindo daquele jeito que comentei. "Você fuma demais, hein?"

"Tá de olho em mim, é?"

"Claro que tô", ele respondeu, dando uma golada na bebida. "Tô de olho em você de olho naqueles dois ali", ele disse enquanto apontava para Peter e Jodi. A mão de Peter enfiada na bunda dela, bem na fenda. Ele estava de olhos fechados. "Seu rosto é muito honesto. Eu gosto disso", disse, sorrindo como sempre.

Pedi Woody em casamento logo depois que ele aceitou com alegria esperar no armário do meu quarto num dia em que Peter me visitou sem avisar. Peter sempre aparecia. Minha casa era tipo a segunda casa dele. Naquele domingo em particular, ele apareceu enquanto Jodi estava na missa do meio-dia. Eu sabia que ele queria uma casquinha assim que vi o saco de papel pardo com a garrafa de gim. Sempre tinha gim antes do sexo. Fizemos na parede da cozinha, no maior silêncio possível.

Ao meio-dia em ponto, um Peter satisfeito saiu para buscar sua esposa. E eu fui tirar Woody do armário. Lá estava ele sentadinho, em cima dos meus sapatos, sorrindo. Pedi ele em casamento naquele exato momento, bem ali. E ele aceitou naquele exato momento, bem ali. Nunca ninguém tinha feito esta proposta pra ele. Ele ficou lisonjeado de verdade.

Nos casamos três meses depois, no primeiro aniversário de casamento de Peter Brown. Peter não confirmou presença e não apareceu.

CERTA MANHÃ, DEPOIS DE SAIR DA PRISÃO onde passei a noite acusada de danos dolosos à propriedade acima de cem dólares, Sestra me veio com esta conclusão: "Woody tem uma personalidade muito fascinante pra um homem. Agora me conta, é verdade que você quebrou a janela panorâmica do Robin Lexington e escalou por ela, né?"

"Sim, é verdade", admiti, notando umas manchas marrons novas em seus olhos.

"E quando você estava lá dentro, tentou atacar Robin com o atiçador da lareira. Foi isso mesmo?"

"Lógico que sim", respondi, pegando um cigarro do maço de Sestra.

"E aí o Woody foi pra casa do Robin, sentou lá com ele e comentou várias vezes que acertou noventa e nove por cento no campo de tiro. Foi isso?"

"Sim, isso mesmo!"

Soprei meu primeiro anel de fumaça enquanto ela me olhava espantada.

"Foi aí que o Robin decidiu retirar a acusação?"

"Isso!"

"Fascinante", Sestra respondeu, tentando baforar um anel também.

"EU ME SINTO MUITO MELHOR quando estou com você", Woody disse com gentileza, no escuro. "Descanso melhor quando tô com você. Eu te amo."

E aí ele saiu da cama e virou o disco de Andrés Segovia, seu favorito. Woody era louco por guitarristas. Ele também parecia estar dormindo há um tempão. Dava para ouvir o trânsito noturno diminuindo lá fora na Waverly Place. Já devia ser bem tarde.

"Faz quanto tempo que tô fora?", perguntei.

"Três dias, meu bem." Ele foi até o frigobar no meu quarto e pegou uma cerveja enquanto falava.

"Ainda tenho Valium?"

"Alguns."

"Tem champanhe?"

"Uma garrafa inteira. Comprei quando saí. Gostou do meu Segovia novo?"

Eu me lembrei da enfermeira no plantão noturno bloqueando o elevador no St. Vincent's.

"Ela precisa esperar o médico", disse. "Ela não está nada bem."

"Sou o médico dela", Woody disse, esticando o braço por cima do ombro da mulher para apertar o botão.

Depois que ele me resgatou, paramos no The Lion's Head para tomar uma bebida. Eu mal tinha tomado o segundo martíni quando o bar virou só luzes para mim.

"Me dá um Valium. Vou beber champanhe e te contar o que aconteceu na hora que eu acordar", prometi, me lembrando que tinha me sentado nos degraus do loft de Augus e cortado os pulsos com uma taça quebrada.

Kitty

Fiquei de molho no banho de sais relaxantes da Mother Bracey até a pele dos meus pés parecer ter mil anos. Depois, escovei os dentes com o jato de água do Waterpik até as gengivas ficarem rosadas. Por um momento, pensei em dar uma olhada na cafeteria do hotel, mas ninguém interessante e que não se sentisse da mesma forma que eu estaria lá em plena noite de Natal, a menos que fosse muçulmano. E eu também não queria passar a noite de Natal com nenhuma velhinha. Seria como olhar uma bola de cristal viva. Distraidamente, coloquei a mão no bolso do roupão e tirei um cartão de visita com relevo dourado. "Disque seu desejo", anunciava. Tinha dois números impressos. Virei o cartão e reconheci a letra de Augus. "Kitty", dizia. Sem hesitar, peguei o telefone e disquei o número. Aquele desgraçado, pensei. "Então esse é o 'trabalho' que ele tinha que fazer na noite de Natal." Lágrimas de raiva, frustração e autopiedade escorriam enquanto eu acendia um cigarro e esperava que ela atendesse. "Sete, cinco, seis, um", disse uma voz masculina e aguda. "Qual é o seu desejo?"

Sem nem pensar, respondi: "Quero dois homens pra transar comigo. É meu presente de Natal pra mim mesma".

"Esta noite é feriado, docin'. Vou ter que ir eu mesmo. A maioria dos meus rapazes deu um perdido. Vou ver o que posso fazer." Os meus também, pensei.

"Você conhece nossas tarifas? Tudo bem, então", ele foi falando sem parar. "Uma hora do seu desejo custa duzentos e cinquenta dólares. Só aceitamos pagamento em dinheiro... Nem tô longe do seu hotel, benzinho", ele comentou quando dei meu endereço. "Assim que me vestir e pegar a outra parte do seu desejo, chego aí."

Desliguei e imediatamente comecei a tirar os lençóis do hotel da cama. Duzentos e cinquenta dólares tornaram a ocasião muito especial. Em menos de dez minutos, arrumei a cama com meu conjunto pessoal de lençóis cor-de-rosa, enfeitado com renda branca antiga e borrifado com perfume de tomilho selvagem. Segundos depois, acendi na cômoda velas com aroma de glicínia. Passando pelo espelho da penteadeira, decidi tirar o roupão de atoalhado branco do hotel. Aquele momento merecia o que eu tinha de melhor: o quimono de cetim rosa e azul que Woody me dera no último Natal. Eu o usara apenas uma vez, para Augus, na primavera anterior, antes de eu ir pra Jamaica a fim de evitar me envolver no projeto de verão dele — vender uma carga de alisantes de cabelo pra Nigéria. Depois que Augus tirou meu quimono, colocou na minha cintura o longo colar de pérolas que eu sempre usava. Meu umbigo treme até agora, só de lembrar por onde começou a me amar. Em nenhum momento ele mencionou minha partida. Tudo o que disse foi que era provável que teria menos tempo para mim em sua agenda na primavera.

Com os nervos acelerados, girei o botão do rádio até encontrar a música certa. Kenny Burrell preencheu o quarto com "Merry Christmas, Baby". Corri para o banheiro e fiz uma maquiagem leve, buscando um efeito jovem e fresco. A campainha tocou assim que terminei de aplicar pequenos toques de essência de cravina nos pontos do pulso. Nessa época, meu lance era ficar exalando o cheiro de ervas.

Respirando fundo três vezes, abri a porta. Lá estava o homem mais lindo que eu já tinha visto bater em uma porta na minha vida. Ele usava um casaco marrom-cacau com um cinto marcando a cintura fina. Um longo cachecol de seda branca pendia casualmente do pescoço. A pele era bronzeada, quase da mesma cor do casaco. "Oi, princesa", ele disse, colocando uma garrafa de champanhe Cristal em minhas mãos. Meus longos cílios tremeram uma ou duas vezes antes que ele continuasse. "Não consegui encontrar um parceiro adequado, mas vim mesmo assim. Raramente recebo a ligação de uma da-ma! Posso entrar?", perguntou enquanto eu me afastava para deixá-lo passar. "Gostei do seu endereço também. Vou te dar um desconto de cinquenta por cento e ficar a noite toda, se você quiser. É Natal e nós dois estamos sozinhos, né." Ele desabotoou o casaco enquanto falava, examinando o quarto. "O cheiro tá igualzinho ao da casa da minha avó no Natal. Só faltam as luzinhas. Quer colocar?", perguntou sorrindo e tirando o cachecol. "Eu sou Kitty, princesa. Você tem um segundo desejo?" E aí ele tirou o jeans azul, que era tudo o que tinha por baixo do casaco, e se virou bem devagar para eu me decidir.

Quando olhei para cima, eu estava dançando na beira da pista com uma garotinha de pele oliva. Luzes coloridas rodopiantes caíam em cascata do alto do teto, me dando uma vontade louca de mandar meus Manhattans para dentro. Ela estava focada na minha boca, sorrindo, serpenteando os quadris ao som da música. De vez em quando estalava o chiclete no mesmo ritmo. Eu devia estar parecendo um daqueles empresários do Meio-Oeste aproveitando uma noitada na cidade. Ouvia os sons, mas não conseguia me conectar com a batida. Ao meu redor, as pessoas se contorciam no ritmo, imersas na música. Meninos dançavam com meninos, meninos dançavam com meninas, meninas dançavam com qualquer um. Corria o boato de que Diana e Liza tinham passado por lá antes. A eletricidade delas continuava ali. Uma DJ vestida com um macacão de plástico com tachinhas e pedrarias, por cortesia, se apresentava na gaiola de vidro por cima das nossas cabeças. Ela botou um reggae para tocar, Jimmy Cliff, e minha garota estendeu os braços e colocou as mãos na minha cintura para me ajudar a entrar no ritmo. Não resisti, então ela as deslizou até meus seios, segurando, ainda girando, bombeando. Assim que ela colocou o polegar e o indicador nos meus mamilos, Kitty chegou galopando. Sacudindo o suor de sua cabeleira recém-alisada e tingida, ele me agarrou por trás. Com a mesma paixão que reservava para os programas, ele começou a trabalhar no meu pescoço e nas costas. Eu só torcia para que parassem antes que eu desmaiasse. Ouvi "Heat Wave" de Martha and the Vandellas numa seleção dos clássicos das antigas. A canção me lembrou daquele verão em que pedi Woody em casamento... "Essa fúria na minha alma", Kitty berrou no meu ouvido.

AO DESPERTAR NA MINHA CAMA entre Kitty e minha parceira de dança, corei. Os lábios dela estavam pregados na minha bochecha. A bunda de Kitty estava pregada na minha barriga.

"Bom dia, docinhos. Como estão minhas anjinhas?" Ele parecia um rapaz normal.

"Tô me sentindo um pedaço de carne num sanduíche", respondi enquanto ela se espremia atrás de mim.

"Estou ótima", ela disse. "Tenho que ir nessa, parceiros de brincadeira!"

Imagino que sentiu meu desconforto. Ela se virou e pegou a calcinha enquanto falava. Suas pernas eram longas para sua altura. Bem devagar, foi escorregando para dentro da rendinha da cor da sua pele. Já em pé, apertou a virilha e suspirou:

"Vocês dois, hein! Uau!"

Fios de pelos crespos se eriçavam para fora de sua calcinha. Então ela pegou seu terninho branco na cadeira e entrou no banheiro. Fingimos que estávamos dormindo enquanto ela se vestia.

"Nós adoramos, furacãozinho", Kitty ronronou quando ela voltou para o quarto. "Liga pra gente. Eu e minha dama sempre saímos na lua cheia. Se não dou de comer pra ela, tenho que acorrentá-la nesta cama."

Corei de novo, lembrando da noite.

"Vou te ensinar a dançar", ela prometeu, abaixando-se para me beijar. Fiquei de olhos fechados enquanto ela falava. Queria que fosse embora.

"Ela tá dormindo, boneca", Kitty disse, se levantando. Ele sabia que eu estava me sentindo péssima. "Liga pra gente", ele repetiu.

"Pode deixar", ela disse, me soltando. "Seja bonzinho com a mocinha."

"Furacãozinho, boneca e anjinha", Kitty falou todo meigo enquanto a acompanhava cheio de graça até a porta.

"NUNCA DEIXEI UM HOMEM ME CHUPAR ANTES, mas vou deixar você fazer isso, K-K, se você me falar a verdade sobre algo que eu sempre quis saber sobre gays", meu amigo radiologista fanhoso disse numa noite pra Kitty.

"Como é que é, camarada?", perguntou K-K, sentado em uma cadeira de um modelo de design dinamarquês versão barata da Sears, tomando um uísque duplo com soda.

"Quando um gay sabe que é gay?", o médico perguntou, sentado de frente pra K-K, tomando gim-tônica.

"Olha, eu não sei como é para todos os ho-mos-se-xu-ais", K-K respondeu, cruzando as pernas e apontando os mocassins Gucci para o chão. "Só posso falar por mim. Eu não sabia que era gay, como você disse com todo cuidado, até o ensino fundamental. Ouvi o professor de educação física falando pro funcionário do vestiário cuidar daquele Kurt gay. 'Arranja um armário pra ele perto da sua mesa', foi a ordem. Acho que ele descobriu quando me pegou mijando sentado ou qualquer coisa assim. Eu nunca usei aqueles mictórios fedorentos e horrorosos, a não ser que quisesse um troca-troca rapidinho.

"Eu já sabia que era homossexual desde os treze anos. Teve um sábado que meu irmão John ficou doente e não tinha condição de entregar os jornais. Então fui entregar pra ele. Na porta de um dos apartamentos me atendeu um — acho que você o chamaria de frutinha", K-K continuou contando, enrolando um guardanapo em volta do seu copo gelado. "Ele estava usando uma túnica larga, cheirava a perfume, e tinha umas pinceladas de blush no rosto e muitos anéis de brilhante nas mãos muito bem cuidadas. Ele bebia algo numa taça de prata. Um olhar pra mim e ele esqueceu todas as leis de sodomia. Eu era mais bonito do que agora, se é que você consegue imaginar que isso é possível."

Kitty vestia um terno branco de algodão penteado, uma camisa listrada azul Brooks Brothers e uma gravata estampada. Estava muito bronzeado do inverno na Jamaica. Seu longo cabelo preto estava cuidadosamente penteado para mostrar as entradas do bico de viúva caindo como uma juba de leão quase até os ombros.

"Naquela época meu cabelo era bem escuro e encaracolado e eu tinha um rosto de anjo. Aquela bicha velha, como você pode chamá-lo", disse, sorrindo para o meu amigo Tooloose, "pediu pra eu entrar enquanto ele pegava algum trocado pra mim. Tava tocando um dueto para órgão de Bach bem baixinho, em algum lugar. O apartamento era inacreditável, todo de brocado de seda, lustres de cristal, flores frescas", disse K-K, perdido na memória de sua iniciação. "Dava pra sentir o cheiro de peru recheado com linguiça vindo da cozinha, e o barulho das panelas mexendo.

"'Vou dar uma festa de aniversário pra um amigo hoje à noite', ele disse, saindo do quarto com o dinheiro. 'Você quer vir? Vai ter gente da sua idade também. Você vai ser meu convidado especial', disse, colocando uma nota de cinco dólares na minha mão. 'Fica com o troco pro táxi hoje à noite. Te espero às oito', ele falou me dando um sorriso de Marlene Dietrich enquanto me levava até a porta.

"Naquela noite, meus amores, eu falei pra minha mãe e pro meu pai que estava cansado por ter feito o trabalho do John e que ia dormir cedo. Me tranquei no quarto, coloquei o terno que usava pra ir à missa e saí pela janela. Fui correndo quase o caminho todo.

"Mais tarde eu descobri que meu anfitrião era um pastor presbiteriano, teólogo doutor em divindade. Ele atendeu a porta vestindo um longo roupão de seda preta e cheirava melhor do que antes. 'Vem cá, vem cá', ele gesticulou, 'conheça meus amigos!' Judy Garland cantava 'Somewhere over the Rainbow' ao fundo. Eu sabia que era Judy porque quando eu tinha treze anos eu era cinéfilo", disse K-K, aceitando uma bebida fresca de Tooloose. "Meu pai ficava muito bravo quando eu me enfurnava em casa nos fins de semana e feriados assistindo filmes antigos em vez de brincar de caubói e índio com os outros moleques. Mas eu também não gostava do tipo de brincadeira deles. Eu assisti *Camille*, com a Greta Garbo e o Robert Taylor, umas trinta e três vezes", disse K-K, tomando um gole de bebida.

"As luzes estavam apagadas na sala de estar. Enquanto meus olhos se acostumavam à penumbra, vi uma sala cheia de homens, homens mais velhos e rapazes, todos muito bem-vestidos, bebendo em taças de prata e mordiscando canapés. Meu anfitrião me pegou pela mão e me levou até uma mesa cheia de garrafas de champanhe no gelo, taças de prata e bandejas de prata com petiscos. Ele perguntou meu nome.

"'Kurt', respondi muito recatadamente. 'Kurt? Vou te chamar de Kitty-Kat. Parece mais com você, um gatinho lindo e fofo.'

"Amores", K-K disse, "eu me diverti tanto. Ainda o vejo uma vez ou outra. Ainda festejamos."

"E foi assim que você descobriu?", Tooloose perguntou.

"Exatamente! Agora lembra o que você prometeu", K-K disse, sorrindo enquanto se levantava e ia até a cadeira do meu amigo.

"Mudei de ideia", Tooloose declarou, se levantando e agarrando minha mão, apertando-a com timidez. "Eu não quero descobrir. E se eu descobrir que também gosto?", ele perguntou, sorrindo de volta para Kitty.

"VAI, TOOTS, ME FODE", Kitty disse do seu lado da cama. Ele não sorria enquanto estava deitado ali, olhando para mim sentada no vaso sanitário do nosso minúsculo banheiro. De vez em quando Kitty se referia ao banheiro como nosso "salão de sinuca".

"Vamos fazer um bebê. Eu e você, Lewis. A gente pode. Eu te amo", ele disse quando entrei de novo no quarto. Ele parecia tão tentador, deitado ali com seu longo cabelo castanho-escuro ondulado esparramado no travesseiro. Não o machuque, Lewis, pensei enquanto me aproximava da cama. Talvez os olhos dele me dissessem para não machucá-lo.

"A gente podia fazer um bebê. Você quer. Eu também quero. Eu seria o melhor pai do mundo. Muitos dos meus amigos mais gays são pais excelentes. Lewis, a gente poderia até casar. Acho que eu ia gostar de casar com você", disse enquanto eu me inclinava para deitar na cama. "Você pode me deixar trancado no berçário ou algo assim toda sexta-feira. Acho até que eu daria um chute no meu Jones se tivesse um bebê", disse enquanto eu me sentava perto dos seus joelhos e me abaixava devagarzinho para o seu amigo.

"QUERIDA, TÔ CANSADO DESSES IDIOTAS como o moleque do Woo-dy pensando que quero o corpo deles", Kitty murmurou. Ele estava envolvendo minhas costas nuas em seu corpo macio e acetinado e olhando para Woody, falando com Woody. Woody estava apertando minhas mãos debaixo das cobertas.

"Ontem à noite, Woo-dy tava gostando bastante de mim brincando no shortinho dele. Ele ficava ahhh, aiiim, acariciando meu cabelo até a hora que ele abriu os olhos e viu que era a Kit-ty. Foi quando ganhei meu costumeiro carinho na cabeça e o 'Agora não, Kitty'."

Kitty se inclinou sobre meu ombro, fazendo uma careta para Woody, que parecia um querubim. Woody estava apertando minha mão.

"Furacãozinho, eu sou o lindo e o sexy. Você é o eunuco barrigudo. E você, srta. Woody, deveria se sentir lisonjeada por eu te fazer propostas. Por que eu deveria te querer? Você não tem nada além de um título de técnico. Dr. Woody, alergista", Kitty disse, passando as mãos nos meus cachos.

"Se não fosse pelo dinheiro, pela Lewis e por esta cama; aliás, cama de onde quase tô tirando sua bunda linda e sexy, a não ser que você cale a boca e vá dormir", Woody disse. Os olhos fechados, o nariz empinado.

"Valentão, você só finge que quer me tirar daqui", K-K disse, zombando de um garotinho teimoso. "Eu e a Lewis vamos ficar juntos e chutar esta sua bunda chata e flácida. Você sabe, né, hoje em dia, nós, garotas, estamos nos unindo. Vocês, brutamontes bombados, não vão mais usar esses músculos pra nos dominar", Kitty disse, arregalando seus lindos olhos de doberman. Ele estava esfregando meus mamilos enquanto me chamava para os seus braços. "Fica comigo, Lewis", ele ordenou. "O que você tem a perder além de seus grilhões?"

"Meu ex-marido, os cheques que ele me dá, meu status, aluguel grátis", respondi sonolenta.

"E liberdade", Woody acrescentou. "Liberdade pra viajar, pra sumir, pra dormir até tarde, pra deixar as contas pra lá."

"Liberdade para levar excelentes figurinistas como você, só que desempregados, de Nova York para Detroit, para orgias", eu disse, tirando meus mamilos da ponta dos dedos de K-K e me aconchegando na pança do Woody.

Sage

Quase todo mundo já deve ter visto aqueles africanos masai em programas de viagem na televisão. São negros retintos que usam mantos brilhantes como cobertores sobre seus corpos esguios e musculosos. Se eles tivessem a pele amarelada, e Sage se vestisse igual, se pareceriam bastante. Mas ele preferiria se parecer mais com Lauren Hutton. Vestindo seus jeans favoritos, botas e uma camisa de seda, pesava apenas setenta e três quilos sem os dezoito quilos de ouro que sempre usava. Ele me disse que era belíssimo de uma forma feia. Nenhum cabelo cobria sua pele marcada a navalha. Quando Sage tentou deixar crescer a barba e o bigode, conseguiu apenas uns tufos ruivos e brilhantes, e escassos. A entrada no cabelo era disfarçada com um corte bem aparado. Esse penteado realçava sua testa, fazendo-a parecer ainda mais proeminente; às vezes uma testa alta dá à pessoa uma aparência de ser uma criatura do espaço sideral. Empoleirada em cima de um nariz que formava uma ponte quase visível, a testa de Sage fazia com que ele parecesse muito inteligente; o que de fato era. Quando estava bravo, seu nariz se alargava, embora raramente ficasse bravo com alguém além de mim. As maçãs do rosto eram altas e acima dos pequenos e perfeitos lábios que cobriam a boca cheia de dentes minúsculos que custaram o dinheiro de um Cadillac para consertar. Um pescoço de Modigliani conectava a cabeça aos ombros e braços, que eram como os de um dançarino. Cada um de seus braços era todo músculos e pele, sem flacidez, e coberto por finos pelos ruivos-dourados. Suas mãos eram grandes e sem anéis, sabendo o que não enfatizar. Uma enorme coleção de cintos finos era usada para acentuar sua cintura de setenta e um centímetros. E os quadris eram perfeitos para roupas de banho, pois se fundiam em suas coxas sem nenhuma gordurinha para interromper. As coxas e as pernas longas também eram cobertas por finos pelos ruivos-dourados. Eu gostava da risada dele mais que tudo. Parecia aplauso.

Naquela noite em particular ele estava planando pela nossa cozinha, preparando um jantar tardio para si. Ciarra, nossa colega de quarto vietnamita, só tinha almoçado. Eu estava de dieta. Viver com colegas de quarto tipo *Vogue* é uma boa para nos manter de dieta. Só mais tarde eu descobri que trapaceavam usando cocaína e anfetaminas como inibidores de apetite. E eu meio que furtei todos os apetrechos mundanos deles quando me expulsaram do nosso apartamento. Eu deveria dizer *meu* apartamento, já que fui eu quem o encontrou. Escondidas com a coleção de fotos excêntricas de Sage, encontrei anfetaminas suficientes para um ano. No conjunto de pincéis de Ciarra, encontrei um frasco que tinha umas cinco gramas de pedras de cocaína.

A bata africana que ele usava enquanto ia do fogão para a geladeira e para o balcão era azul-clara. Bordados brancos feitos à mão enfeitavam o decote em V e as mangas bufantes. Batas eram suas roupas favoritas. Ele se acostumou com elas nos tempos em que foi padre episcopal. Sage abandonou a Igreja pelo mesmo motivo que deixou de lecionar numa universidade da Ivy League. Ficava entediado. Nessa época, era secretário-companheiro de um aristocrata alcoólatra de Nova York cujos avós ganharam mais dinheiro do que ele poderia gastar. O fundo não o deixaria doar, mesmo que pensasse em tal coisa. A Igreja, aquela universidade da Ivy League e "Thee", como chamávamos seu chefe, habituaram Sage ao que há de melhor.

Nossa cozinha era bem funcional. James Beard e Julia Child teriam aprovado. Ciarra tinha pintado na parede com tinta preta e em vietnamita um dos ditados favoritos de Sage: "Tentem agir como damas". Aos curiosos dizíamos que ali estava escrito qualquer coisa que achávamos interessante no momento. "Melhor prevenir do que remediar" ou "Deus abençoe a criança que tem seu próprio Deus" ou "Foda-se".

"Ciarra disse que eu posso assistir se você topar", ele falou daquele jeito lento e conciso que tinha adotado.

"Assistir o quê?"

"Assistir vocês duas trepando com o novo amigo dela, o Guy."

"Me dá um frango frito e trepamos com você. E você pode assistir também."

"Deixa só eu colocar o frango no molho."

"Não, não posso esperar nem comer molho de manteiga, estou de dieta", eu disse.

"Gata, você nunca vai ser uma dama. Você é impaciente demais", ele disse, preparando a bandeja.

"Talvez não", comentei, realmente interessada no peito de frango, "mas você também nunca vai ser uma, cara, não importa o quanto seja paciente."

Ignorando meu comentário inteligente, ele terminou de arrumar a bandeja de frango, cenouras cozidas no vapor com manteiga e aspargos com seu molho holandês especial, colocando com muito cuidado um guardanapo branco engomado por cima.

"Pronto?"

"Pronto!", respondi. "Vem comigo, cara. Hora do show na Quinta Avenida, garantam seus assentos aqui", gritei, naquele estilo feirante. "Tenho o assento perfeito pra você, querido", eu disse, olhando para Sage, que me seguia pela sala de estar.

Meu quarto era bem ao lado do dele e tinha a metade do tamanho, mas era mais bonito. Ele tinha pendurado plantas em vasos de cerâmica com longas tiras de couro nas vigas de três metros e meio. As luzes da cidade eram projetadas pela claraboia vinte e quatro horas por dia. Acordar naquele quarto era como acordar num jardim botânico. Aquela iluminação, controlada por um reostato, deixava o quarto tranquilo o tempo todo. Perto da porta, na mesa Parsons de nogueira, tinha um vaso de cristal transparente com cravos cor-de-rosa, gipsófilas e uma Bíblia de couro do século dezoito. Qualquer coisa para me impedir de encher aquela linda mesa de madeira com cosméticos e perfumes. Woody tinha me dado as flores.

Minha cama, que era enorme, ficava bem no meio do quarto. Era coberta com uma colcha cinza de plumas, lençóis cinza e muitos travesseiros com fronhas com o monograma *L* em vermelho, a mesma cor dos meus lençóis. Montados no meio das minhas almofadas estavam Ciarra e Guy, chapados de ópio. Meu quarto tinha o cheiro de um campo de flores com aroma de lavanda.

Sage parou, e tirando as pantufas pisou no tapete oriental que se estendia ao longo do chão de nogueira manchada do corredor. O chão do meu quarto era coberto por um carpete cinza, daquele tipo tão grosso que precisa raspar a parte de baixo das portas para que possam fechar.

Eu não disse nada para eles. Sage também não. Ele estava me seguindo. Chegando ao meu armário, parei e abri a porta. Então fiz sinal para Sage sentar na escada de cedro de oito degraus que ficava ali para eu regar as plantas. Entregando a bandeja, Sage levantou seu manto como uma dama subindo uma escada em caracol. Depois de sentado, sorriu para mim como uma diva e tentou pegar seu jantar de volta.

"Não até eu ganhar um beijo de verdade", eu disse, segurando a bandeja. Ele abaixou a cabeça. Na ponta dos pés eu fui até seus lábios. Com essa carícia, sussurrei: "Bom apetite, meu bem". Então entreguei a bandeja para ele. Virando bem devagar, tirei meu robe xadrez de seda e o deixei escorregar por meu corpo. Antes disso, tive que encolher minha barriga para parecer melhor nua.

Caminhei bem devagar até minha cama e para eles, imaginando o que faria em seguida. Ciarra era a diretora esta noite.

"Lewis, fuma um pouquinho comigo e meu amigo Guy. É tão gostoso", ela disse enquanto puxava as cobertas para mim. "Guy", ela ordenou com muita preguiça, "pega minha caixa ali no chão."

Era uma caixa antiga de chapéu de palha que Sage encontrou no depósito de Thee em uma ou outra de suas casas. Era de um azul e amarelo desbotados. A caixa de chapéu de Thee se tornou a caixa dos sonhos de Ciarra. Lá dentro tinha um pot-pourri de drogas e afins. Palitos tailandeses, haxixe, oxicodona, diazepam, quaalude, dexedrine, pedra de cocaína e o vidro preto que ela precisava.

Ciarra parecia uma boneca oriental. Boneca vietnamita, ela dizia. A única coisa que de fato a perturbava era quando alguém pensava que ela era japonesa. Ela odiava os japoneses.

"O melhor para a melhor", ela sussurrou. Quando falava inglês, sempre parecia como se estivesse dando ordens. Calma e com muita cautela, puxou o ópio para o topo da pilha. Desembrulhando o papel-alumínio que o cobria, raspou alguns pedacinhos. Então levantou uma pequena bandeja coberta com alumínio e entregou a Guy. Assim que encontrou seu isqueiro de ébano, acendeu o ópio, esquentou até soltar fumaça e aí passou para mim.

"Depressa. Não desperdiça. Vem com a gente", convidou, descendo lentamente de volta para os meus travesseiros.

Enquanto eu inalava aquela fumaça densa com cheiro de lavanda, me concentrei em nossa plateia. Um homem de trinta e quatro anos nunca tocado por uma mulher está ali em cima assistindo, pensei. Talvez ele se junte a nós desta vez. Ciarra já tinha tentado seduzi-lo. Eu nunca. Me abaixando até o chão, coloquei a pequena bandeja coberta de papel-alumínio no carpete. Será que parecemos tão irreais para ele quanto ele parece para mim?, pensei.

"E se a gente deixasse ele escolher entre comer e assistir?", sussurrei para eles.

"Vamos deixá-lo comer primeiro. Aí nunca precisaremos saber se ele prefere a gente ou só ficar vendo. Seria meio humilhante ele mastigando aqui no meio da nossa brincadeira", Ciarra cochichou de volta.

"É, poderia me causar uns problemas técnicos", Guy acrescentou calmamente.

Sage tirou as cobertas de cima de nós quando desceu da escada para colocar a bandeja vazia no chão. Enquanto subia de volta, ele parecia um espectador de teatro atrasado. Aqueles que a gente vê tentando chegar ao assento depois que a cortina já subiu. Ciarra começou abrindo um pouco as pernas. Depois começou a se tocar devagarinho, olhando para Sage o tempo todo. Ela se acariciou; todos nós assistimos. Sage nos observava. Nós o observamos. A boca dele estava só um pouquinho aberta. Ele estava com as mãos cruzadas no peito. Sage não iria arriscar tocar nela. Ele era muito feminino para exibicionismo.

"Se tem uma coisa que eu tenho certeza que sou...", Ciarra disse, ronronando, "é que sou s-e-x-y. Eu sou muito sexy." Ela estava massageando sua fenda, puxando seus pelos pubianos, deslizando o dedo para dentro e para fora, para cima e para baixo.

Guy se esforçava para não improvisar. Eu me abri e comecei a segui-la. E então Guy me seguiu também. Eu observei Sage, todos nós observamos. Eu me senti leve e bastante sensual, para variar. Exibições geralmente me entediavam. Ciarra se virou e começou a beijar Guy. E ele começou a me beijar. De repente todo mundo estava se beijando do pescoço para cima. O cabelo dela, grosso e oriental, parecia pesado. Ela começou a gemer enquanto me beijava. Guy estava perdido nas pequenas coxas oliva dela. Pelos sons de sucção e da língua dela rígida em mim, posso dizer que estava gozando. Descansou só o tempo de chegar até mim e nos levou para a próxima cena, sua porta dos fundos e a minha da frente. Eu me deitei e observei os outros três. De vez em quando eu me acariciava. Ela soltou um "aaai" alto. Fiquei em silêncio. Eu sempre ficava em silêncio nesses shows.

Quando acordei, restava apenas o cheiro de ópio e a luz do sol no meu quarto. Eu ouvia o som do koto vindo do quarto de Sage.

Me levantei, peguei meu robe e fui até o quarto de Ciarra. Ela estava deitada numa esteira de palha em um canto, enrolada em um edredom amarelo de plumas. Ciarra era pintora. Seu quarto também era seu estúdio. Prateleiras de materiais de pintura cobriam as paredes e uma lona cobria o piso de madeira. Logo abaixo da claraboia, ela colocou o cavalete. A obra no cavalete naquele momento começava a ganhar a forma de uma orquídea. É o que parecia pelo miolo da flor, por onde ela começou.

"O que algumas pessoas vestem, algumas usam, algumas abusam e algumas querem?", ela disse, tentando fazer uma charada quando quis que confirmasse o que eu tinha imaginado.

"É uma...", eu disse fingindo ficar envergonhada.

"Isso mesmo", ela disse, piscando para mim.

Fui até a esteira e dei um beijo na nuca dela. "Senhorita Saigon, sabe de uma coisa? Você é muito sexy. Cadê seu amigo?"

"Você não tá ouvindo a música? Ele tá com a música", ela disse suavemente, moldando a bunda na minha barriga. "Você e eu? Caímos no sono. Eles não", ela disse, dando várias e longas lambidas no meu rosto.

Prince

Kitty trouxe Prince para minha vida. Ele o recrutou para uma das nossas orgietas. Enquanto ele e Raoul, um de seus novos bichinhos de estimação, passeavam por Woodward, Raoul avistou Prince tentando atrair alguém para comprar um relógio. Raoul o convidou para ir à minha casa para o ensaio antes que Kitty pudesse impedi-lo, foi o que Kitty contou. Parece que os dois se conheceram na prisão de Jackson. Prince preparava a melhor maria-louca da cadeia, Raoul reconheceu com orgulho. E teve uma época, Raoul disse, que Prince liderou uma tropa de dois mil em Detroit. Eles o chamavam de Príncipe Quacre naquela época.

A princípio, tudo que reparei nele foi que precisava de um par de sapatos; ele estava usando tamancos suecos brancos um pouco gastos num dia frio no final do outono. Em seguida, reparei que não participava de nossas atividades. Apenas se sentava em silêncio, fumava uma erva da boa e dava uma cheirada em nossa dama branca.

Não prestei muita atenção nele até que me dei conta do isqueiro acendendo e apagando em algum lugar do quarto durante a orgieta. Espiando entre as pernas de Kitty enquanto ele mudava de posição, localizei a fonte do clique — Prince. Ele estava sentado todo vestido no sofá, acendendo o isqueiro vez e outra para iluminar a cena no chão.

Mais tarde ele me disse que se não fosse pela cocaína que Kitty tinha enfiado em seu nariz, teria adormecido em cima de nós. Eu mesma fui dormir, assistindo-o nos assistir. Quando acordei, estava na minha cama. Ele estava esparramado ao meu lado, fumando um baseado, vestindo um pijama do Woody. Dei uma examinada nele, tentando descobrir se era o estuprador. Com certeza ele tinha toda a pinta: olhos fundos e pequenos, nariz largo, boca de beicinho, lábios úmidos, mãos fortes.

Então me lembrei de como a festa tinha terminado. Kitty deslizou até ele e tentou abrir o zíper de sua calça. Ouvi uma conversa suave. Então Kitty voltou para mim. Fechei os olhos fingindo que dormia para que Kitty não ficasse envergonhado por outra rejeição. E eu realmente fui dormir.

"O que você cochichou pro Kitty-Kat?" Comecei assim. Nada de "Olá", nada de "O que você tá fazendo no meu quarto?", nada de "Por que você tá vestindo o pijama do meu ex-marido?". Eu repeti: "O que você disse pro meu amigo?".

"Eu falei pra ele que, 'Nunca no mundo livre...', falei que estava pronto pra arrancar um órgão dele, se ele não caísse fora. Falei que o único punk que eu queria que me tocasse no meio daquela multidão era a linda garota amarela."

"Tá, e onde você encontrou o pijama?", perguntei, me levantando.

"Seu amigo Woody veio aqui enquanto eu colocava você pra dormir. Ele disse que morava do outro lado do seu apartamento. Começamos a tomar uma cerveja e conversar e contei que tinha acabado de voltar de Frisco e que ainda não tinha um canto pra ficar. Ele sugeriu que eu ficasse aqui, do lado dele, até ele voltar de uma corrida de veleiros na Costa Leste. E me deu o pijama. Não achei que você se importaria com a companhia. Ele contou que eram casados até que você cansou de ser adúltera."

DEPOIS QUE PRINCE FOI EMBORA, Woody jurou que sentia mais falta dele do que eu. "Tirava um peso da gente, né?" Era só deixar Prince feliz e ele era a dona de casa perfeita. Eu não conseguia cozinhar melhor que ele, passar melhor que ele, nem transar melhor que ele. Ninguém conseguia. Infeliz, ele se transformava num monstro de filme B. Certa vez, ele jogou uma grelha cheia de bifes e brasas do alto da nossa varanda quando eu passava lá embaixo. Pensou que eu estivesse saindo para trair ele e Woody.

A última noite que Prince passou conosco foi memorável. Era um daqueles domingos de futebol americano em janeiro. Imagino que eu era a única pessoa no mundo que não estava assistindo. Woody e sua namorada, Cookie, foram ao estádio. Eu estava deitada na cama esperando os Valiums equilibrarem os Bloody Marys que eu tinha tomado de manhã, ouvindo música gospel ao vivo na rádio WGPR. Em algum momento, achei que uma garrafa bem gelada de champanhe provavelmente daria conta do recado e expulsaria os demônios com outro de sua própria laia. Então me levantei e fui para a cozinha. Prince estava cantando alto "Precious Lord", parado na frente do forno enquanto regava dois capões. Pãezinhos caseiros da Parker House cresciam no balcão. Feliz? Ele estava radiante, vestia um longo caftan de seda que ele mesmo fez com sobras de tecido das cortinas do banheiro do Woody. Estampa de tigres, leopardos e elefantes pastando na selva. Um cinzeiro no balcão me mostrou que ele estava exatamente do jeito que queria estar — chapado, chapado, chapado. Woody guardava para Prince a melhor erva "por motivos de segurança".

"Espera só até vocês provarem este recheio do pão de milho", ele disse, empurrando a bandeja de volta para o forno. "Woody vai devorar esses nabos e a mostarda também." Desligou o fogo de uma panela que fumegava. "Tá vendo, eu não cozinho demais meus legumes como algumas pessoas fazem", disse, apalpando minha bunda enquanto eu pegava a champanhe da geladeira. "Woody gosta bem crocante."

Eu não senti nem um pouco de ciúmes. Estava saindo da cozinha quando ele me chamou.

"Ei, garota! Você não acha isso fofo?"

Eu me virei e Prince estava de costas para mim, curvado, tentando tirar o robe pela cabeça. Antes que eu piscasse, lá estava ele, olhando para mim por entre as pernas nuas.

"Fofo, né?", ele perguntou.

"Lindo", respondi. Tentei não fazer a careta que teria feito se ele não estivesse me encarando. Eu odiava ver homens nus. Por algum motivo sorri e sem pressa alguma comecei a andar na direção dele com a garrafa gelada de champanhe na mão. Lembro de ler o ano no rótulo, descascando o papel-alumínio bem depressa e desenganchando a gaiola. Ele deve ter desconfiado o que eu ia fazer, mas não se mexeu, ficou lá esperando pacientemente. O som que a garrafa fez quando tirei a rolha foi como todos os *pops* de Ano-Novo que já ouvi, juntos. Antes que saísse uma bolha, já tinha apontado a garrafa para a bunda dele. "Feliz Ano-Novo, Prince", me ouvi dizer enquanto despejava a bebida no rabo dele, pelas pregas. Ele não disse uma palavra, apenas esperou. Lentamente, inseri o gargalo da garrafa. O grito dele parecia o de duzentos porcos.

"Vai!", ele ordenou. "Assim, ga-taa. Agora tira." O líquido corria livre pelo chão, espesso como um brie na fogueira. Ele permaneceu curvado enquanto eu extraía o gargalo da garrafa com carinho. Então caiu de joelhos e começou a rir. "Eu sou todo seu agora. Você é minha?", perguntou, se acariciando.

"De vez em quando", respondi, olhando sua bunda e desejando que ele abaixasse o robe.

"O PRINCE MORREU, BENZINHO", ele anunciou ao telefone. "Matei ele ontem à noite. Ele tentou foder com a minha cabeça. Vou sentir saudade do meu camarada. A gente estava junto desde que eu era moleque. Enterrei ele hoje de manhã com a jaqueta do clube. Aquela que eu e ele bordamos 'Prince' quando a gente tinha quinze anos, sabe? Coloquei um grama de erva da boa no bolso da jaqueta."

"Onde que você enterrou ele?", perguntei, espiando, pela janela do hotel, a cabine telefônica do outro lado da rua. Achei que ele estivesse ligando de lá. A cabine estava vazia.

"Numa pilha de lixo nos fundos da cadeia do condado. Ele não ia se sentir confortável em nenhum outro lugar. Me aceita de volta!"

"Não!"

"Me desculpa pelo que aconteceu. Foi Prince que ameaçou seu namoro, querida. Ele é antiquado. Nunca entendeu que sua mulher era livre pra ver outros caras. Ele era pré-revolucionário."

"Prince não tinha uma mulher. Nem você, Joseph Conrad Jones. Meu homem paga em dinheiro vivo. Você era meu parceiro pago, não meu homem. O nome dele é Woody."

"Eu era pago pelo Woody? Então eu sou tipo, um empregado dele, é isso?"

"É", respondi.

"Bem, então, na verdade, você não tem autoridade pra me demitir. Tem? Eu devia tá implorando pro Woody devolver meu emprego, não você. Né?"

"Sim!", respondi, lembrando do trabalho dele.

"Vem, Lewis. Vem brincar comigo. Tô com saudade de você."

"Você sente saudade é dos cheques do Woody."

"Sinto saudade de vocês. Preciso de um pouquinho de diversão. Tô cansado, Lewis, tô dormindo no sofá dos outros. Te perdi por causa dele e perdi ele por sua causa. Agora eu não tenho ninguém além de mim. Você sabe como fico confuso aqui sozinho. Prince se sentia em casa na rua. Eu não. Preciso do meu emprego de volta."

Solidão, talvez, um senso de justiça, reflexões sobre seus relacionamentos — algo me fez prometer encontrá-lo.

"Te encontro em uma hora na Boulevard com a Segunda. Se o Prince não estiver morto, Joseph, eu mesma vou matá-lo. Nosso problema é que não sei como separar o comportamento dele do seu corpo."

Ele veio descendo pela Boulevard com as mãos nos bolsos da calça jeans. Um suor rançoso começou a brotar do meu corpo. Gostaria que meu cheiro chegasse nele antes de mim. Por um momento, ele parou e olhou a vitrine suja da Milgrim. Pensei que fosse se virar até que percebi que estava mijando. Comecei a dirigir. Talvez ele ainda não tivesse me visto. Evite esse cara, Lewis. Ele é louco, muito louco. Toda essa conversa de ter matado Prince. Ele era o Prince. Sem Prince, ele era só mais uma ilusão arruinada. Corra, Lewis, ordenei a mim mesma.

"Você não pode fugir, Lewis", Sestra falava agora. "Se você fugir, Lewis, vai perder a loucura dos seus olhos. A loucura te protege. O cheiro vai embora. Ele te protege. Garota, demorou muito pra esse sistema de proteção ser desenvolvido. Eu quase perdi o controle. Eu queria ser uma mulher comum. Na verdade, eu queria ser uma dama. Sabe o que aconteceu? Adivinha! Fui atacada por um completo estranho. Ele teria me matado se a loucura não tivesse voltado enquanto ele me batia, enquanto tentava me estuprar. Sabe o que eu fiz? Pedi para ele, por favor, me deixar provar. Na hora em que estava quase gozando, mordi com tanta força até ele me soltar. Antes mesmo que pudesse se mexer, dei uma cabeçada no queixo dele. Aí cravei minhas unhas nas bolas dele. Deixei ele inconsciente por um tempo, daquele jeito. Então pulei do meu carro e corri gritando na Jefferson. A loucura arquitetou o plano. A sanidade teria feito eu me submeter. Não vai arrebentar a corda", ela ordenou.

Cinco dias na rua, pensei, e ele volta a ser um condenado. Olha esse jeito de andar. Ele anda como se estivesse acorrentado!

Ele foi se aproximando do meu carro, e minha respiração foi ficando mais pesada. Minha língua ficou grossa. Lembrei de uma vez que tinha um homem chutando uma mulher na rua. Todo mundo ficou lá só assistindo, a não ser uma senhorinha carregando uma sacola de compras de papel pardo. Aquela idosa enfiou a mão na bolsa e tirou um picador de gelo.

"Chuta ela de novo, meu filho, chuta e você vai se ver com isso aqui", ela disse, mostrando o picador de gelo. "Eu matei um homem que me espancou com um machado, matei enquanto ele estava acordado."

Ela caminhava firmemente na direção dele. A mulher que foi atacada correu e o cara ficou totalmente sem ação por causa da senhora. Os homens não esperam isso das mulheres. Quando ela chegou perto, ele gritou:

"Parei! Não quero brigar com a senhora não, vovó."

"Por que não? Tá com medo de eu te pegar?"

Não tinha nenhuma velhinha na Boulevard naquela noite. Ninguém além de nós dois.

"Oi, querida", ele disse, caminhando até o carro e entrando. "Que saudade de você, querida."

"Você perdeu uma presa fácil. Trouxe um pouco de fumo e dinheiro pra você se hospedar num hotel", disse, olhando para ele, de verdade, pela primeira vez. Eu queria senti-lo dentro de mim mais uma vez. Ouvir nosso riso.

"Você sente falta do Prince, benzinho? Daqueles peidos e fodas todas dele?"

Confirmei sorrindo, enquanto ligava o carro.

Robb

Robb estava fazendo cócegas no meu nariz com uma pena de avestruz. Eu lutava para acordar, deitada nua em sua cama alta.

"Linda moça, linda moça, é hora de acordar", o Rei do Swing me dizia. "Seu velho já tá pronto para ir embora. Roberta acabou com ele. Já você, dormiu durante algumas cenas que poderiam ter te excitado. Você tem a honra de ser a primeira garota a dormir enquanto eu estava com ela. Roberta ficou impressionada. Ela até se afastou de Woody, com quem ela estava mandando ver, para te testar. Você só ronronou. Por favor, não vai deixar essa experiência se espalhar por Manhattan. Seríamos ridicularizados nos melhores ambientes. Vamos, Lewis", Robb resmungou. "Acorda."

"Tô acordada", respondi.

Estávamos deitados mais perto do teto do que do chão. A cama alta e com projeto especial ficava a três metros do chão. Só se subia por uma escada. Num canto, lá embaixo, tinha um frigobar com chocolates Godiva, pequenas garrafas de champanhe fino, pedras de cocaína, maconha e popper. Podíamos comer os doces direto da caixa, beber a champanhe direto da garrafa, cheirar a coca na ponta dos dedos e fumar o quanto quiséssemos. No outro canto tinha uma pequena televisão colorida que só era ligada quando tinha jogo de basquete. Na cabeceira da cama, um interruptor com controle do aparelho de som que ficava no andar de baixo, na sala de Robb. As únicas regras: não podia fumar cigarro, beber destilado, dançar em pé ou usar roupa. Chamávamos de "Regulamento do Robb".

"Por que você tá me torturando com essa pena?", perguntei, abrindo os olhos e olhando para ele.

"Tô tentando te acordar", ele sussurrou com um leve sotaque do Brooklyn. "Woody quer tomar café da manhã. Eu acho que Rebecca e Bee acabaram com ele", sussurrou. "Pensei que você tinha dito que ele era maçante, boneca. Elas acharam ótimo. Lógico, sexo bom pra você não vale. Sua mãe te disse isso? Ou você é uma velha masturbadora de armário?"

"Eu nunca me masturbo", menti, olhando para o frigobar.

"Nunca? É por isso que você tá doente! Ninguém pode te amar melhor do que você mesma, boneca. Essa é a verdadeira independência." Depois dessa, ele puxou os lençóis cor-de-rosa que me cobriam e abriu minhas pernas.

"Só quero ter certeza de que você tá funcionando aí embaixo. Toda vez que senti, ficou úmida como gelatina de uva. Vamos ver se ela já deu a partida", ele disse, começando a bater na minha pequena-dama com o indicador. "Tá sentindo isso? Tá sentindo? Então ela tá ligada."

Ele parecia tão profissional, tão sério, olhando e batendo, que eu ri.

"Essa é minha garota. Sexo tem que ser divertido."

Em pouco tempo eu estava tão envolvida quanto ele, que dava palmadas e apertava com a ponta dos dedos, acariciando-a.

"Cara, você tem uma coisa de verdade. E ela é bonita também."

Vai rolar, pensei comigo mesma, observando-o me amar. Eu tô sentindo! Chorei por dentro.

"Eu tô sentindo!", me ouvi gritar.

"Shh", ele sussurou, descansando a cabeça na minha barriga. "Parabéns, Lewis. Tá funcionando. Tá funcionando mesmo."

Flower

Acho que posso dizer que estava me sentindo melancólica naquela noite de início de verão. Seis martínis *extra-dry* de vodca, couve-de-bruxelas ao endro e um jantar solitário em Detroit podem fazer um monge se sentir melancólico. Além disso, estava cansada do pianista do bar Little Harry's. Com certeza ele não era Bobby Short. O cara me lembrava um pouco do meu professor de piano, o sr. Alpino. Minha mãe insistiu que eu aprendesse a tocar piano. Ela sempre quis aprender, ao que parecia. Acho que o sr. Alpino precisava dos dois dólares por hora. Com certeza ele não precisava de mim tocando os três B's.*

O Little Harry's estava lotado, um bando de gente loira e rica de meia-idade saída de Detroit antes de ficar escuro de verdade. De vez em quando, um ou outro executivo de contas bêbado começava a cantar, todo mundo conhece esse tipo de que estou falando. E o pianista sedoso e encolhido tocando a melodia.

* Os "três B's" referem-se aos compositores alemães Bach, Beethoven e Brahms, considerados pilares da música clássica ocidental. A expressão foi popularizada pelo maestro Hans von Bülow no século 19. (N.E.)

Levantei devagarinho do meu assento de couro vermelho, tropeçando só um pouco, e me inclinei sobre o piano.

"Ei, Charlie, que tal tocar 'Meditations'?", perguntei em voz alta. "Se é pra fazer disso uma igreja antiga, vamos tocar um hino que eu quero ouvir."

Todas as pessoas no piano-bar sorriram nervosas. O único homem negro lá não sorriu, apenas olhou sem expressão. Acho que estava comparando minha agressividade com a quietude de seu acompanhantezinho loiro de poliéster.

"Claro, Lewis", o pianista disse enquanto graciosamente aceitava a nota de cinco dólares que coloquei em sua bandeja.

Se ele tocou "Meditations" ou eu não reconheci ou não ouvi. Irritada com o que presumi ser uma desfeita em vez de falta de talento, deixei escapar:

"Aqui é Motown, sabe, vocês não estão na Alemanha, nem na Itália, nem na Grosse Pointe. Charlie, que tal um Ray Charles ou Stevie Wonder?", perguntei.

"Que tal 'Just the Way You Are'?", perguntou uma voz suave de mulher, vinda de um canto daquele ambiente velho e cansado.

"Não conheço", Charlie respondeu.

"Mas eu conheço", ela respondeu num sussurro.

Foi quando a vi. Usava um terno de seda preta trespassado feito sob medida e uma blusa de seda rosa-choque. Ela era tão alva e seu cabelo tão acinzentado. Mas a coisa mais incrível era seu tamanho. Ela devia pesar uns cento e setenta quilos nua. O rosto, no entanto, não era gordo, apenas arredondado e muito bonito.

Quando se aproximou do banco de Charlie, o salão ficou em silêncio. O jovem barman até parou de agitar o coquetel que estava preparando. Ela andava como uma bailarina, ereta, lenta e segura. Com graça, deslizou uma nota na bandeja de Charlie, se sentou e começou a tocar e cantar.

"Don't go changing... Just the way you are."

O homem negro sentado ao balcão começou a cantarolar, depois a assobiar, depois a cantar junto com ela. Ambos pararam da mesma forma que começaram — com elegância. Fora da música, nunca se tocaram. Acho que nem se olharam.

"Meu nome é Little Flower", ela contou. "As pessoas que gostam de mim me chamam de Flower", disse, se sentando à minha frente.

Dava pra ver que ela era ruiva de verdade, com sardas e tudo. Os óculos de armação dourada e rosa faziam seus olhos azuis parecerem cinza. Ela se sentou na ponta de uma cadeira muito pequena e acendeu o primeiro de uma série interminável de cigarros com essência turca. O pequeno suporte de ébano com acabamento dourado que ela segurava entre as longas unhas sem esmalte parecia caro. Ela parecia ser rica. Quer dizer, ignorando o traje de pavão e se concentrando nela. Os dentes foram bem-cuidados durante toda a vida. A pele clara, imaculada, quase translúcida. Até a gordura parecia exuberante. Fiquei imaginando-a andando pelas ruas de Florença com uma longa capa preta esvoaçante. O perfume dela era forte. Há algo na maneira como os perfumes se misturam na carne obesa que faz a gente querer se aproximar.

"Meu nome é Lewis. Obrigada pela canção. Era necessária. Você é cantora?"

"Não, sou colecionadora. Recolho coisas bonitas e quebradas e as deixo mais bonitas. E vendo algumas delas para viver. Quer um pouco de água com gás e uma fatia de limão? Eu bebo o tempo todo. Vai te fazer bem."

"Parece ser gostoso, Flower. Mas pede pro barman colocar umas doses de vodca na minha. Não tô tão preocupada com o que me faz bem. Eu gosto do que me faz *sentir* bem."

"Você não aceita água com gás e limão sem vodca, hein? Que pena, Lewis."

"Por que, Flower?"

"Porque significa que você vai ter que comprar sua bebida. Eu não compro bebidas pra mulheres bonitas. Isso acaba com elas", disse enquanto me olhava por cima dos óculos escuros, ainda sentada na beirada da pequena cadeira.

"Então vou continuar bebendo sozinha. Do jeito que já estava. Obrigada pela música. Você precisa de um garçom pra te ajudar a levantar da beirada da cadeira ou consegue levantar sozinha, srta. Saudável?" Eu não parava de lançar aquele meu olhar louco de Lewis. "Esses cigarros gringos também fedem."

"Dura na queda", ela disse. "Você é durona mesmo. Teria sido divertido", disse, se levantando delicadamente do assento minúsculo.

Observando-a se afastar de mim como um elefante gigante pastando na selva, me senti melancólica outra vez. E senti vontade de dormir, dormir.

GEORGE, O MANOBRISTA DO LITTLE HARRY'S, estava me esperando lá embaixo da escadaria acarpetada e verde do lado de fora. Às vezes, George me acompanhava até em casa, do outro lado da rua, caso eu ficasse muito destruída depois do almoço. Ele me lembrava de todos os meus tios. George provavelmente ganhava mais dinheiro em gorjetas do que o Grande Harry. Eu adorava seu estilo.

"Tem uma moça te esperando, srta. Lewis. Ela me pediu para te levar até o carro dela quando a senhorita saísse." George tinha pelo menos um metro e noventa e cinco, uma barrona de chocolate.

"Ela pagou você?", perguntei arrastando um pouco a voz.

"Vinte", ele respondeu. "A senhorita vai lá?"

"Por você, George, com certeza", respondi enquanto ele subia os degraus íngremes para me ajudar a descer.

"O carro dela é aquele Caddy rosa ali. Uma verdadeira dama, o pai dela é um grande pastor na cidade."

"*Now that we've found love, what are we gonna do?*" saía do toca-fitas do carro quando George abriu a porta para eu entrar. Ela estava exuberante, enfiada em metade do banco do motorista, e cheirava a lavanda. Sua pele era ainda mais clara do que aparentava na escuridão. Três anéis selecionados com bom gosto decoravam seus dedos finos e longos. Um deles era um aglomerado de diamantes que formavam uma borboleta com olhos de esmeralda. O segundo anel era de ouro rosé com uma ametista quadrada. O terceiro, no mindinho direito, era uma aliança de ouro larga e simples.

Mais tarde, naquela noite, depois que encontrou o amor em mim, ela me contou sua história. O ex-marido era um negociante internacional de antiguidades do Oriente Médio. Estavam divorciados havia três anos e os dois filhos ficaram com o pai. Ele não conseguia imaginar seus filhos crescendo na casa de uma sapatona. Esse era o jeito que ele mais gostava de chamá-la. Estávamos esparramadas em sua cama de bronze quando ela me contou.

"Você se considera maria-macho?", perguntei. "Sapatona? Meus amigos e eu pensamos na gente como livres, nada mais. 'Sapatão' soa tão antigo quanto 'bichinha'", eu disse enquanto ela começava a fazer amor comigo novamente. "Sabia que em inglês a pronúncia dessa palavra, '*Dykay*', é a mesma da deusa grega da justiça, Dike?", continuei falando enquanto ela aninhava a cabeça entre as minhas coxas. Ela foi rápida e suave. "Você já ouviu falar de Safo? Olha, ela realmente era... Ai, isso é bom", falei enquanto ela sacudia meu barco. "Você é bem boa", insisti, me esticando e deixando que ela me amasse.

E ela cheirava tão bem. O cabelo ruivo e espesso parecia de boneca enquanto se esfregava no meu joelho, com gentileza. Senti sua umidade. Era quente enquanto fluía. Eu me senti me abrindo, estendendo a mão para ela. Queria poder amar uma mulher como Flower me amou.

Depois de se satisfazer e me satisfazer, ela me abraçou e choramos. Ela tentou me seduzir quando sentiu que eu estava pronta para deixá-la.

"Tá com fome? Tem patas de caranguejo-rei esperando, estão ótimas."

"Não."

"Quer que eu coloque uma música diferente? Acho que o Terceiro Mundo tá cansado de encontrar o amor."

"Eu amo. Deixa assim", disse, me sentando. "Quem é essa?" Eu estava olhando a fotografia de uma pequena mulher negra e nua deitada na praia.

"Essa é Blake", respondeu, acendendo um daqueles densos cigarros turcos. "Nos casamos — na igreja — com um pastor liberal. Vesti smoking e tudo mais. Eu costumava me vestir bastante de drag. A aliança que eu uso era dela. Um dia ela jogou em mim. Me chamou de bizarra e vagabunda obscena. Falou que nosso casamento era uma piada. Antes que desse por mim, nocauteei ela com um gancho de direita que eu nem sabia que tinha. Quando ela acordou, eu tinha cortado seu cabelo, rasgado as roupas que comprei para ela e mandado Bo-Bo buscá-la. Bo-Bo é a guarda-costas e governanta dos meus filhos. Ela me liga de vez em quando, diz que sente muito."

"Aposto que sim", respondi, olhando em volta do quarto dela pela primeira vez. Era cheio de bom gosto e riqueza.

"Quer ir pra algum lugar?", ela perguntou, me abraçando, pronta para começar de novo.

"Sim, quero", respondi, dando um beijo em sua bochecha acetinada. "Pra casa. Eu quero ir pra casa", disse, me sentando na cama, olhando a foto de Blake.

Augus

Não gritei quando acordei e notei um par de mãos estranhas agarradas a mim, mãos longas. As unhas bem-cuidadas quase tocavam meus mamilos. Eu sabia por experiência própria que pertenciam a um convidado de Kitty, que por sua vez estava encostado em mim, fingindo dormir. Eu sabia que ele estava fingindo porque ele nunca, nunca dormia quando um de seus convidados estava em casa. Em geral ele os trancava dentro do nosso apartamento também. Sestra comentou com certa sabedoria que achava terrivelmente ousado da minha parte permitir isso. "Tonta, o que você acha que vai fazer caso um dos seus queridos 'convidados' não aceite os joguinhos de vocês?" Não me incomodei em contar que Kitty me ensinou o que fazer. Eu deveria jogar a garrafa de soda cáustica pura no insurgente, correr para o banheiro, trancar a porta e conectar o telefone que tínhamos escondido no cesto de roupas. Enquanto isso, Kitty correria para o jardim e gritaria por socorro. O "convidado", agora assustado e marcado, seria recebido pela polícia de Nova York assim que conseguisse destrancar a porta.

"Ele tá dormindo?", o convidado perguntou numa voz quase inaudível com um leve sotaque caribenho. "Deve tá, né. Cara, o apetite do seu irmão é insaciável. Nossa anfitriã teve que expulsar ele do jogo."

Kitty, ao que parece, performou uma de suas cenas de bêbado e desordeiro. A anfitriã japonesa estava a ponto de servir sorvete caseiro de feijão-vermelho e macarons de coco quando Kitty saiu do lavabo usando apenas um pouco de perfume e se ofereceu como sobremesa. O que poderia ser mais perfeito depois de um jantar requintado do que fazer amor?, Kitty raciocinou. As pontas dos dedos do estranho estavam pousadas em meus seios quando ele chegou.

"É o que parece", respondi.

"Também acho!" O convidado começou a acariciar os meus mamilos.

"Ele é um cafajeste descarado. Mas honesto", eu disse.

O estranho estava tentando penetrar na minha fenda. Eu apertei ela, impedindo.

"Me solte," exigi com uma voz normal.

"Por quê?", perguntou num sussurro. Ele realmente não queria acordar Kitty.

"Quero te ver", respondi, me virando. "Gostei das suas mãos", disse enquanto ele me soltava. "Qual é o seu nome?"

"Augus", respondeu, beijando meu nariz. Ele parecia um jovem Paul Newman bronzeado. "O que você quer de café da manhã, moça bonita?"

"Kitty e você", Kitty deixou escapar, se virando nas minhas costas, de frente para Augus.

"GOSTEI DA POSTURA QUE AUGUS ASSUME", Sestra cochichou no meu ouvido quando eu saltava de um táxi na Sétima Avenida.

"Como assim?", perguntei, desviando do café da manhã de um bêbado.

"A que é mais apropriada, bobona", ela sussurrou.

Ouvi a música da igreja grega enquanto subia as escadas que levavam ao apartamento dele. Alguma seita de imigrantes gregos celebrava seus cultos no andar abaixo do de Augus.

Ele espiou pelo buraco na fechadura, soltando um audível "Que merda, cara", destrancando e abrindo a porta. Eu estava fumegando. Suor descia dos meus ombros e escorria pelo meio da minha bunda.

"Calma, mana", sugeriu Sestra.

"O que você quer, Lewis?"

"Sua bunda, Augus!"

"Isso é diferente. Diferente mesmo. O que aconteceu? Você misturou seu veneno com afrodisíaco?" Sua voz permaneceu suave enquanto eu o empurrava para o lado. "Calma, cara!", ele ordenou. "É o dia de descanso de Deus."

O apartamento cheirava a cera de ouvido velha e cuspe misturados. Baganas de maconha se perdiam no chão com bitucas de cigarro e embalagens de chiclete. Copos plásticos espalhados nos cantos e em mesas queimadas por cigarros e com vestígios de respingos de vinho tinto. Na maioria das vezes, Augus limpava tudo depois das festas disco na segunda-feira de manhã. Assim, podia recolher os detritos, embrulhá-lo em sacos verdes e escondê-los no lixo dos vizinhos. Augus morava no Garment District em Nova York, bairro que não tinha serviço de limpeza diário. Os empresários da área tinham que pagar uma taxa pelo descarte. Augus montava nos vizinhos em seu esforço para se reerguer com as próprias pernas.

Enquanto ele trancava a pesada porta de aço, meus olhos se ajustaram à luz das velas. Ele só usava a eletricidade em horário comercial, depois de ter perdido uma batalha de mil e setecentos dólares contra a companhia de energia. Dois anos antes, uma pequena empresa cinematográfica tinha alugado seu "estúdio". Ao que parece, por ignorância e desespero pela grana, não previu a enorme quantidade de energia necessária para fazer um curta-metragem.

O balcão do bar tinha dezenas de garrafas de barro em miniatura verdes e bordô com amostras de vinho. Um vendedor deu a ele em troca de marcar um "encontro" com um amigo. Augus vendeu as cento e quarenta e quatro garrafinhas de vinho por dois dólares cada na festa disco. O suficiente apenas para pagar a conta telefônica dos interurbanos do mês.

Voltando do bar, observei Augus ir até a cama. Seu corpo de marfim estava escassamente coberto por uma cueca roxa e azul. A bunda rechonchuda se desdobrava em ondulações, descendo até as coxas. A "cama", que era um sofá durante o horário comercial, tinha uma colcha de peles — peles verdadeiras de lobo e coiote. Essa colcha e as joias eram os únicos símbolos restantes de seu passado grandioso. "O resto me escapou mais rápido do que cocaína." Minha raiva estava diminuindo agora que estava ali.

"Por que você me abandonou no Chelsea?"

"Você nunca fica abandonada, Lewis, minha querida víbora", ele respondeu com calma enquanto deitava em cima das peles. "Não enquanto o titio Woody sorrir pra você."

"Por que você me deixou?", repeti, notando o olhar entediado em seu rosto.

"Você não se lembra, Lewis? Não se lembra de bater na minha bunda pelada com o meu cinto depois que se cansou de mim e daquela gatinha linda que pegamos na Ashley's? Estava tudo bem até eu me perder nela", ele disse, abrindo as pernas no sofá. Augus tinha pernas longas cobertas de pelos dourados. "No começo eu até que estava gostando bastante do pequeno improviso, mas aí eu vi seu rosto. Você não estava atuando. Aquela garota ficou tremendo por uma hora depois que a levei pra casa. Ela disse que quando você começou a bater na minha bunda ela ficou excitada. Mas aí olhou pro seu rosto. Disse que lembrou da mãe dela, da vez que foi espancada com um cabide. Ela falou que amou te ver fazer amor comigo. Gostou do seu estilo, aprendeu muito. Você não a ouviu gritando?"

Pensei no momento antes de acordar naquele quarto de hotel vazio. E me lembrei.

"Por que, Lewis?", ele perguntou, levantando os braços para eu me aninhar.

"Não sei", respondi, rastejando do final da cama para os seus braços.

"Eu sei que você não sabe", disse e puxou meu rosto para baixo, ao lado do dele. "Tá tudo bem, meu bem", sussurrou. "Eu sei. O papai sabe, gatinha."

AUGUS E EU ÍAMOS PARA BARES às segundas-feiras, se eu pudesse pagar. Segunda-feira era "nosso dia". O dia em que Augus me compensava pelo sábado e o domingo, "seus dias". De modo geral, nosso itinerário incluía um café da manhã tardio, uma última erva maravilhosa e um passeio bem planejado em alguma de suas Nova Yorks. Era comum eu ficar ofegante como um poodlezinho na segunda-feira. Kitty, se soubesse, me contaria o que Augus fez no fim de semana. Kitty era a parada de Augus no East Side. "Querida, os cotovelos e joelhos do nosso bebê ficaram em carne viva. Ele atendeu um grupo de quatro sábado passado. Primeiro a mamãezinha aqui limpou todo mundo com peróxido. Aí passei um pouco de pomada A&D para assaduras e dei beijinhos. Ele não te contou essa história, docin'? Eu sempre peço pra ele te ligar quando passa por aqui. Eu falo, 'Gussy, liga pra nossa anjinha. Ela tá deitada lá naquele apartamentinho bebendo e tomando Valium'. 'Não!' é o que o Augus responde. 'Ela precisa da dor. Você ainda não sabe? Ela gosta da dor. É um prazer pra ela.'"

Tudo o que Augus me dizia sobre seus fins de semana era que estava trabalhando na obra de Deus. "Tá na hora de eu ir lá, boneca. Tenho que fazer a obra de Deus", dizia. "O que você vai fazer enquanto eu estiver no trabalho?", ele perguntava toda sexta-feira. "Valium", era minha resposta mais comum, brava por ele estar indo embora. Normalmente eu fingia estar dormindo antes de ele me deixar. Às vezes ligava para o serviço de atendimento dele só para ter algo para fazer além de beber, chorar e dormir. Kitty disse que também ligava para o serviço de Augus quando se sentia sozinho. "Às vezes eu uso minhas vozes", Kitty confessou. Como será que ele se sentiu na primeira vez que a atendente lhe entregou mensagens de Lena Horne, Eartha Kitt e Elizabeth Taylor?

DAS MILHARES DE PESSOAS pelas quais meu táxi deve ter passado enquanto trafegava pela Quinta Avenida em direção ao meu apartamento em Greenwich Village, não notei nenhuma até pagar o motorista na esquina da Washington Place com a Sexta Avenida. Lá estava Augus, andando na rua em frente ao O'Henry's. Ele tirou os óculos quando me viu, soprou e os guardou no bolso do seu terno de veludo cotelê acinzentado que um dia foi azul-marinho. Eu odiava aquele terno.

Gostaria de poder dizer que era por isso que ele o usava com tanta frequência, mas não era. O início dos anos setenta foi um tanto difícil para os negócios de Augus. "Linhas do passado." Era assim que ele chamava suas roupas gastas. Ninguém podia usar aquele terno além dele, ele dizia, porque mais ninguém sabia onde ficavam todas as costuras desfiadas; a pessoa não poderia nem pensar em se curvar para amarrar um cadarço, por exemplo, ou levantar o braço para chamar um táxi. Ele também estava com sua antiga camisa de seda Saint Laurent favorita e uma das gravatas largas de lã xadrez que passaram a ser suas preferidas desde que perdeu as de seda. No estilo de Nova York, conseguia manter um certo ar de elegância, mesmo nos momentos de escassez; tinha estilo mesmo que não tivesse as coisas.

Assim que bati a porta do táxi, ele me alcançou. Levando o dedo indicador esquerdo até os lábios para sinalizar silêncio, agarrou meu braço direito com a mão esquerda e começou a me puxar pela Washington Place em direção ao meu apartamento. Quando nos aproximamos do meu portão preto de ferro forjado, ele pegou as chaves e destrancou — algo que nunca tinha feito. Quando entramos, me soltou e foi em direção ao banheiro. Antes que se refugiasse no banheiro, eu comecei.

"Seu canalha chupador de pica filho da puta", foi o primeiro. Ele aceitou meu ataque em silêncio, só ficou lá parado na porta do banheiro limpando os óculos. Quando se cansou de ouvir, recolocou os óculos e me empurrou para a cama, me forçando para baixo com as pernas e montando em meu pescoço.

"Não tinha como, cara. Não tinha. Hospitais me deixam enjoado. Só a ideia de você trancafiada numa ala psiquiátrica, cara, me destruiu", ele disse, com lágrimas caindo em cima de mim. "Por que você tinha que ter feito aquele escarcéu no meio da rua? Os vizinhos disseram que ninguém conseguia te acalmar. Agora tenho que pagar por quatro janelas de vidro, cara... Lewis, eu não estava em casa. Não fui eu que chamou a polícia. Eu estava com o Chocolate e o Pogo Stick, dando risada e tomando uma cerveja. Acredita em mim."

Quando terminou de falar, ele se abaixou para me beijar. Aí dei uma cabeçada no rosto dele, quebrando seus óculos.

"Pô, cara", ele disse, segurando o nariz, que sangrava. "Eram os únicos que eu tinha." Ele se levantou e foi para o banheiro. "Parece que não consigo parar essa dor que você sente. Eu tento. Não fui eu que comecei." Nesse ponto, as lágrimas fluíam misturadas ao sangue.

"Te vejo por aí, Boneca", ele disse quando foi embora. Passou pelo portão e foi embora antes que eu lhe devolvesse os óculos. Levei três meses e duzentas e quarenta mensagens em seu telefone para convencê-lo a retornar minhas ligações.

NUMA SEGUNDA-FEIRA, POR VOLTA DO MEIO-DIA, recebi uma ligação de Augus. "Tô na esquina do Pink Teacup. O que você quer com suas batatas? Peixe frito, frango frito ou costela de porco no bafo?" Antes que eu respondesse, ele mesmo concluiu: "Vou pedir um peixe e um frango". Meus mamilos ficaram duros só de ouvir sua voz. "Nem começa essa conversa sobre seu cabelo. Eu te dei tempo pra se arrumar, gata. Não dei? O.k.!", ele continuou. "Coloca aquele vestido azul de algodão e o salto alto de couro envernizado. Mais nada. Entendeu? Nada. Vai, anda logo! Tô com saudade, gata", ele sussurrou. "Traz algum trocado."

Augus abriu a porta do Pink Teacup antes que eu atravessasse a estreita rua da Village.

"Oi, Boneca", disse, avaliando minha aparência. "Você trapaceou", comentou fungando atrás da minha orelha. "Cheira gostoso. Essa fragrância combina bem com a brilhantina."

Ele estava nos levando para "nossa" mesa, no canto perto da janela. No segundo em que me sentei, cruzei os tornozelos, antecipando seu movimento.

"Sua comida vai chegar num segundo. Sabia que você ia se atrasar. Você nunca consegue fazer direito o que eu peço, cara? Você chega trinta minutos atrasada e usando o vestido errado." Me alcançando sob a mesa, deslizou as mãos por baixo do meu vestido, parando quando percebeu que obedeci a uma das ordens. "Pra quê um vestido preto de seda com fendas nas laterais?", perguntou enquanto me entregava uma taça de vinho. "Eu disse para você usar o de algodão azul."

"Porque dá pra ver tudo contra a luz do sol", respondi, tomando meu vinho.

"Por isso que escolhi ele", respondeu com calma. "Eu gosto mesmo desse efeito em você."

Depois do café da manhã, Augus começou nosso passeio. Atravessamos West Greenwich Village até a divisa de East Greenwich Village. Demos uma parada no Washington Square Park para ouvir música de rua. Desta vez, nosso programa terminou num dos meus lugares favoritos, o Lady Astor's.

"Entra", ele ordenou. "Tenho umas paradas pra resolver. São quatro horas. Te encontro lá dentro às seis. Tá na hora de você ser mais independente. O café da manhã me lascou; me arranja quarenta e cinco." Ele esperou com paciência enquanto eu tirava o dinheiro do sapato. "Quando você entrar, senta no bar como sempre. O barman vai cuidar de você. De vez em quando, deixa eles verem um pouquinho das coxas. Deixa pensarem que vão ver mais", disse, aceitando meu dinheiro. "Fala comigo, moça", ronronou enquanto me envolvia com discrição em seus braços. "Tô cansado de você em casa sozinha. Tô te dando um gelo." Enquanto falava, apertou com a ponta dos dedos entre minhas pernas até sentir minhas coxas se contraírem. "Uma mulher liberada pode passear sozinha." Dava para sentir a pulsação. "Tô contando com você pra cuidar de si mesma. Aposto que não vai ter que comprar uma única bebida", ele disse, me soltando. "Você pode se cuidar. Eu sei que pode. Tô dando meus rolês sem dinheiro, calcinha e companhia há anos." Todo galante, sorrindo apenas com os lábios, ele chamou um táxi e me deixou.

Smoke

"Eles venceram, Woody. Wood-dee, eles venceram." Embora eu tenha repetido isso até minha garganta cansar de fazer papel de boba, o teto não me ouvia, apenas me olhava fixamente lá de cima. Ele sabia, assim como eu, que estávamos sozinhos. Woody tinha ido embora com Sestra depois que eu o cortei nas costas; o que deixou Sestra com verdadeiro nojo de nós porque eu tinha feito isso com uma de suas taças Baccarat favoritas. Para ela foi um desperdício de uma boa taça — copos de geleia, um copo de geleia Welch de uva teria servido. Eu prometi me acalmar assim que ele me levantasse do chão. Ele continuou dizendo que não tinha nenhum encontro com nenhum "viadinho"; estava indo para uma reunião na casa de seu amigo Guy e eu poderia ligar lá em uma hora se não estivesse acreditando. Ele estava fazendo um bom trabalho para me convencer, até que entrou no closet para trocar de roupa, um bom trabalho até que tirou a cueca boxer de algodão azul-bebê e trocou por uma nova de poliéster vermelho. Sestra não deveria ter sorrido para mim, depois de ter visto tudo isso. Tentei me servir de outra taça de champanhe, sei lá, mas não consegui. Antes que ela tivesse tempo de avisá-lo, quebrei a haste da taça de cristal purinho, um presente de casamento de Kitty-Kat, e fui até ele. Assim que levou a mão à calça, parti para suas costas, riscando com a haste do ombro direito até o lado esquerdo da cintura. Acho que ele não estava entendendo o que eu tinha feito até que Sestra correu e jogou uma colcha em mim. Sestra disse que achava já ter visto aquela cena em um filme, e só por isso soube o que fazer. Eles foram embora, ela disse, porque eu jurei que ia arrancar os peitos dela e comê-los de entrada antes do prato principal — as bolas dele — se não saíssem da "minha casa". A oferta dela de nos levar até o centro e me ajudar a dar a ele um golden shower quentinho no meio da avenida Woodward não me agradou nem um pouco. Ela riu até quase urinar quando viu o quanto ele gostava da dor que sentia enquanto ela passava álcool em seus cortes.

"A dor é prazerosa para algumas pessoas, Lewis."

Eu comecei o incêndio depois de ir verificar o Lotus dele na garagem. Estava lá, e o Eldorado dela tinha sumido. Freddie Lee foi o primeiro. Ele era um painel de estopa cor-de-rosa que comprei no Haiti. Comecei pelo rabo dele. Em seguida, minha coleção de cestos de palha. Depois que a panela com gordura de bacon começou a ferver, corri escada acima como um monstro de Mary Shelley, tranquei a porta do meu quarto, apaguei a luz, me estiquei na cama e esperei. Eu estava fazendo todo um esforço para parecer a Bela Adormecida. Então me lembrei que, antes da pancadaria, Sestra tinha colocado mais duas garrafas de champanhe Cristal no freezer para gelar. Eu estava quase determinada a descer para resgatá-las quando ouvi as primeiras garrafas de aerosol explodirem. O barulho parecia o de duzentos quilos de pipoca estourando. Então Smoke rastejou por baixo da porta e começou a tagarelar.

"E aí, Anna Lou? Quer brincar comigo? Onde você está, gatinha? Você me chamou. Não foi, garotinha?"

Fiquei paradona. Talvez, se eu não dissesse nada, ele pensaria que eu já tinha ido embora.

"Menininha, eu nem tava te procurando ainda. Não, sinhôôô Bob!"

"Woody, me ajude", chamei o mais baixinho que pude, enquanto esperava que Smoke me encontrasse.

"Meninas grandes também precisam do papai, hein?", Smoke disse em resposta. Ele já estava bem em cima de mim.

"Você deixou me tocarem, Woody. Você não devia ter deixado." Eu estava apertando os olhos com força, sussurrando para Woody.

"Na saúde e na doença, hein?", Smoke perguntou. "Eu sou seu salto triplo, Woody?"

Então as sirenes; pela primeira vez as ouvi.

Sestra me contou que liguei para ela e falei sobre Smoke. Ela e Woody chegaram segundos antes dos bombeiros, a quem chamaram.

"Lá estava eu, de camisola largada, o bundão de fora, parada na porra da sua varanda tocando a porra da sua campainha. Aqueles caras derrubaram a porta de vidro mais rápido que uma puta piscando três vezes os cílios duplos artificiais. Te juro, vadia, acho que você fez minha menopausa chegar antes da hora."

Smoke ficou um tempo sem falar, e abri os olhos para ver se ele tinha me levado contra minha vontade para algum lugar. Eu ainda estava no quarto, soube disso porque a primeira coisa que vi foi o Charles Cold favorito de Woody — a pintura da cabeça careca de um homem rosa que parecia Woody. Ele sempre falava que eu acabaria gostando se aprendesse a apreciar a habilidade do artista, o controle que tinha da paleta, a força. Mas foi o vermelho-cu de sempre que vi quando olhei para o quadro mais uma vez. O ódio daquela pintura me deu forças para levantar. Um pé me empurrou para o chão, o outro para a pintura. Dali, minhas mãos assumiram e fizeram o que meu cérebro não teve o bom senso de fazer antes. Arrancaram aquela monstruosidade da parede, abriram a janela e jogaram aquela coisa para fora do meu quarto. Do lado de fora, ouvi Woody. "Ela tá viva! Ela tá viva." Lá estavam Woody e Sestra e cada um dos meus vizinhos plantados do lado de fora da minha varanda, me olhando. "Vai ficar parada aí que nem o Corcunda de Notre-Dame, cacete? Pula!" Os dedos dos meus pés tremeram primeiro, depois os tornozelos, quando recuei percebi que era eu mesma ali, vestindo apenas uma anágua bege.

"Annie Lou, ainda tô esperando", Smoke tagarelava mais uma vez bem atrás de mim. "Vem brincar comigo. Tá parecendo uma acrobata na corda, parada aí desse jeito. Salto triplo, estrela pra mim. Você me quer em pé ou deitado?"

"Te quero mais tarde", gritei para ele quando minhas mãos e pés retomaram o controle e me atiraram para fora da janela. Caí em cima do canteiro de papoulas do Woody.

PARTE 2

Ligar

Brook

Sestra e eu estávamos na academia de Woody brincando de fazer exercícios quando contei a ela sobre Brook. A princípio, tudo o que ela fez foi mexer no cordão branco do moletom e olhar para mim. Lembro de me perguntar por que ela não estava suando como eu.

"Parece escravidão pra mim. Acho que você tá em águas profundas. Agradeço se me deixar fora dessa. Você tá acostumada a ser cuidada, gosta de ser a número um. Esse aí tem que cuidar de si mesmo primeiro. É assim que ele vive, a única maneira que pode viver. Deve ser devastador para um homem saber que até uma mulher pequena pode bater nele. Pronta pra um vapor na sauna?", ela perguntou, olhando para mim.

"Agora que você me contou sobre ele", Augus sussurrou ao telefone, "vou te contar da minha mulher de cem quilos. Eu adoro me enterrar em suas camadas de gordura. Seu corpo é tão confortável e quente. Ela aguenta meu peso", sussurrou alegremente.

"Você acha que ele vai gostar de mim?", Kitty-Kat perguntou sem fôlego. Ele estava em um de seus atos. "Quero tanto que ele goste de mim", ele ronronou como Eartha Kitt. "Ele vai gostar?", exigiu saber numa voz militar. "Ele vai? E eu, vou gostar dele, docin'?"

"Você vai amá-lo, pãozim-de-coco. Ele é tudo o que você sempre quis num homem também."

"Querida", ele disse, como a Pearl Bailey em pessoa, "tô quase me contentando com uma cabeça. Os lindos jovens porto-riquenhos tão aumentando de preço que nem carne bovina do Texas. Tentei uma drag queen enrustida outra noite. Ela espalhou óleo de sardinha nos pentelhos pra ficar com o cheiro de uma garota autêntica. Eu estava tão desesperado por algo fácil! E outra, tô entediado com esses velhos pelancudos que decidiram sair voando do armário nos anos setenta. Eles tão criando um desequilíbrio no mercado."

"O que eu amo em você, Lewis", Prince anunciou, "é seu senso de igualdade. Você tá ligada que a maioria dos caras é inferior a você. Né, meu bem? Não importa se o cara pode andar ou não. Você quer um pedaço da mente dele. Num tô certo?"

"Nãn", eu disse, como verdadeira sulista. "Tô apaixonada. Ele é o primeiro cara que sinto que é superior a mim. Alguns de vocês talvez sejam... iguais?"

O QUARTO DE WOODY ERA UMA PARTE do lado dele do apartamento que eu tentava evitar depois que nos divorciamos. Ele tinha relíquias como uma bicicleta japonesa personalizada, pendurada na parede; o volante de seu primeiro carro esportivo, um Alfa Romeo 1949; uma antiga hélice de avião em madeira; e uma coleção de máscaras africanas. Naquela manhã feliz, eu estava tão animada que nem percebi que ele estava dormindo.

"Woody, Woody!", gritei quando entrei antes do amanhecer. "Encontrei o cara, realmente encontrei desta vez."

Enquanto ficava me repetindo, fui largando meu vestido, minha calcinha e meus sapatos ao lado de sua cama de dossel.

"Me conta tudo isso depois", respondeu sonolento e satisfeito. "Cookie acabou de sair daqui. A noite inteira ela só falou que não encontrou ele em mim."

Passei minha bunda em seus braços. Eu estava tão plena em tê-lo encontrado que não fiquei brava ao sentir o cheiro dela no meu travesseiro. A barriga roliça e peluda de Woody parecia um lar para minha bunda macia.

"Dessa vez é sério. Eu realmente encontrei. Ele é tudo o que eu sempre quis."

"Rico, né?"
"Não de grana!"
"Alto?"
"Sim!"
"Bonitão?"
"Muito!" Eu o vi deitado em suas centenas de travesseiros, o cabelo longo e preto espalhado.
"Rico?", ele repetiu de mansinho.
"Em modos e cultura", respondi de pronto.
"Pobre!", ele afirmou, fingindo decepção.
"Ele não seria se não fosse paralítico."
"Paralítico? Qual metade?"
"As duas. Quebrou o pescoço numa luta livre no cursinho pré-vestibular quando tinha dezoito anos." Estremeci, ouvindo seu pescoço estalar.
"Você realmente tem problemas, Lewis", Woody sussurrou meio cochilando. "Você não conhece limites mesmo, né?"
"Ele é magnífico", disse, pensando no jeito como ele sentava tão ereto na cadeira.
"Ele é tetraplégico", Woody respondeu. "E eu tô dormindo, Lewis. Fica quieta." Depois disso, ele caiu num ronco suave.

Eu me virei em seus braços e o encarei. Woody estava envelhecendo. Sob a suave luz do amanhecer filtrada pela janela, estudei seu rosto apoiado em meu peito nu. A pele lisa e oliva ainda mantinha a aparência. Era o tom ao redor dos olhos que estava diferente. O nariz aquilino, que já tive ambições de copiar com plástica, tinha duas marcas escuras ao longo da ponte dos óculos. Um pelo preto grosso e superlongo pendia da narina direita. Eu o cortava de manhã. O bigode preto e cinza e as costeletas eram muito espessas.

Enquanto estudava Woody, comecei a divagar. Eu me lembrei de Brook e de toda a noite anterior. E do homem que não tinha pernas, de quem eu, minha irmãzinha e Kark sempre fugíamos de medo. Fiquei imaginando como ele se sentia vendo crianças bestas correndo quando se aproximava delas empoleirado em seu carrinho de rolimã. Ou ele tinha superado isso e todas as outras coisas, como ter que olhar para cima para quase todo mundo com mais de um metro de altura? Minha mãe nos disse que deveríamos levar umas chicotadas por causa da gritaria e correria que aprontávamos toda vez que víamos aquele pobre homem descendo a rua do melhor jeito que dava a caminho da loja.

Eu podia ouvir Brook com tanta nitidez que era como se ele estivesse ao meu lado, falando comigo com aquele seu sotaque sulista melódico enquanto fluíamos um para o outro.

"LeeAnn não devia ter te incomodado. Eu falei pra ela ir ao jantar com o Barry e não se preocupar comigo."

Ele queimou os pés, pelo que entendi, tentando mexer no bico de chaleira com água quente. Pelo menos ele pensou que tinha queimado. Com certeza a água estava fumegando. Precisou que LeeAnn tirasse suas botas para que ele visse por si mesmo. Três dedos do pé direito tinham queimaduras de segundo grau. Ela passou vaselina medicinal e embrulhou em gaze. Eu desembrulhei, dei um beijo e deixei tomar ar. Os pés dele eram brancos como barriga de cobra, inchados e macios como os de um bebê; vinte anos sem uso. Pequenas veias azul-marinho cruzavam o peito do pé, se enrolavam nos tornozelos e então desapareciam num arbusto de pelos ásperos e escuros. Eu ainda podia sentir aqueles pelos em minhas coxas.

"Vem comigo", ele ordenou. "Ouve minha música, mulher. Seja minha."

"Woody é meu ex-marido", me ouvi explicar. "Estamos divorciados há dois anos."

"Não se separaram ainda?"

"Kitty é um amigo homossexual com quem eu moro em Nova York. Um dia pensamos em ter um bebê. Kitty é tão bonito e tão engraçado."

"Aposto que é", respondeu, sorrindo.

ROSE, A GOVERNANTA JAMAICANA de Woody, estava preparando o café da manhã quando acordei e fui para a cozinha. Ele estava terminando o caderno de esportes quando me sentei à mesa, sem fôlego.

"E agora, vai me deixar te contar?", perguntei, aceitando um copo de suco de cenoura de Rose.

"Assim que eu terminar de ler *B.C.*", prometeu, dobrando a página. "Quer saber o que seu horóscopo prevê para esta manhã, 25 de julho de 1977?" Sem esperar minha resposta ele prosseguiu: "Capricórnio, cuidado! Guarde os instintos naturais para aceitar desafios extremos".

"Ele é de Libra. Leia o dele", sugeri.

"Olha os dentes desse bode para presente!"

"Ainda bem que você é alergista e não astrólogo."

"Como ele se chama?", perguntou, mergulhando uma colher com pasta de amendoim na tigela de cereal com leite. Nunca conheci ninguém que comesse cereal e pasta de amendoim antes de Woody. Ele jurava que era para ter energia.

"Brook Fields", respondi, vendo-o sorrir mais uma vez enquanto eu me abraçava ao seu corpo.

"Parece ator."

"Escritor de livros didáticos. Ele planejava ser almirante antes do acidente." Ouvi seu pescoço estalando, sua queda, ele deitado no chão do ginásio se debatendo como uma galinha cujo pescoço tinha acabado de ser torcido.

"Vou levar vocês pra jantar esta semana", disse Woody, começando seus ovos poché e os muffins ingleses. Eu tinha prometido a Woody anos antes que nunca escolheria outro homem. Segundo ele, eu tinha um péssimo gosto para homens.

"Eu te amo tanto, Woody", disse quando comecei a comer o café da manhã.

"Eu também te amo, meu bem", respondeu, terminando seu café. "Tenho que correr. Segunda-feira é um dia pesado pro pessoal da alergia. Meus viciadinhos precisam de uma dose." Então ele se levantou, sorrindo. Woody sempre sorria e abria os braços para mim. "Boa sorte, querida", disse quando me aninhei em seus braços. "Não vai ser fácil."

"ELA JÁ CHEGOU?", perguntei num sussurro ao telefone.

"Quem?", ele perguntou, soando bem anasalado.

"Sua ajudante." Eu tinha certeza de que ele tinha falado que ela chegava às oito em ponto. Por isso tive que ir embora logo, tinha explicado.

"Ainda não. Ela só chega às dez."

"Cê quer fazer um piquenique hoje?" Tentei suavizar a voz e enfatizar meu sotaque sulista enquanto falava.

"Parece ótimo. Não faço um piquenique já tem uns dois anos. Fico pronto à uma. Tenho que desligar, acho que ouvi ela chegando." Eram dez e meia. "Temos um assunto urgente para cuidar aqui hoje. Te vejo à uma, Lewis."

Cuidei de mim mesma nas duas horas seguintes, bebi dois copos de suco de ameixa para estar meio quilo mais magra quando fosse para a casa dele. Me depilei inteira, descolori o buço, tomei banho com os sais de limpeza energética Jinx Removing Crystals do dr. Pryor e rezei. Coloquei uma das minhas roupas mais femininas: um vestido estilo camponesa de algodão azul com corpete franzido; sandálias brancas adornavam meus pés recém-lavados e de unhas pintadas. Eu me senti meio de pileque enquanto enchia uma bolsa térmica com John Courage, a cerveja favorita de Woody.

Saindo sob o sol, me senti jovem e leve pela primeira vez em um ano. "Finalmente, finalmente, finalmente", repeti inúmeras vezes enquanto dirigia pela cidade.

A porta estava aberta quando cheguei. Atravessei por ela como Loretta Young. Meu amor estava lá, sentado lendo um livro, esperando, todo cheirosinho.

"Você tá cheirando como um jardim de ervas", ele disse.

Bom garoto, pensei. Reconheceu o óleo de lavanda.

"Vamos pro piquenique?"

"Com certeza. Meu preferido", disse, caminhando até ele para beijá-lo. "Você se penteia sozinho?", perguntei, enquanto me abaixava. Estava todo bagunçado, parecendo natural.

"Digamos que eu reorganizo. Minha ajudante, a sra. Richards, sempre tenta esticar meus cachos. Mas sempre arrumo quando ela sai", respondeu, sorrindo como um menino travesso.

"Por favor, pega o chapéu de sol no armário pra mim. É o Van Gogh. Comprei na Itália quando fui pra lá." O chapéu o deixou com um ar teatral. A cena toda não parecia real.

Enquanto tentávamos sair do apartamento, vi pela primeira vez o quanto ele era debilitado. Só com muito esforço conseguiu fazer a cadeira passar pela soleira. Assim que der, prometi para mim mesma, vou empurrar essa cadeira. Ele não consegue mesmo, pensei.

"Muito bem", ele ofegou, passando sobre a soleira. "Cara, às vezes me sinto como se estivesse rastejando de barriga pra baixo. Antes de trancar esta porta você tem que pegar a chave. Tá naquela caneca de cerâmica rosa e verde lá no escritório, que tá presa no cabo de madeira, a menor." Os cabos possibilitavam que ele abrisse as portas, aprendi.

Passando por ele em direção ao escritório, vi uma linda xícara com três chaves com cabos especiais de madeira. Peguei a menor.

"É sua mãe na foto? Parecem as fotos antigas da minha mãe", disse, quando retornei. Ela era muito clara, de feições marcantes, cabelos castanhos longos e finos. Usava um daqueles vestidos com ombreiras largas e lantejoulas, superpopulares nos anos quarenta. "Bem bonita", comentei enquanto trancava a porta.

"Ela era boa pessoa. Cuidou de mim por cinco anos depois que me acidentei. Não deixava ninguém além do meu pai me tocar, se pudesse evitar. Depois, ela nunca mais foi a mesma. Meu acidente a fragilizou. Acho que a matou mesmo", ele disse, olhando para mim. "Ei, que tal segurar minha cabeça para trás pra eu me endireitar? É só colocar a palma da mão na minha testa. Assim", ele disse bem devagar, usando minha mão para se arrumar na cadeira. "Pareço um pato bamboleando, não pareço?", perguntou, se endireitando. Ele parecia.

"Que nada", menti, tirando a mão. Pude sentir as marcas em sua testa onde tantas mãos foram colocadas antes.

"Você se incomoda de verificar se essa coisa tá bem colocada na minha bota?", perguntou. A sonda ficava na bota dele.

"Tudo certo, capitão", respondi, verificando a bota. Eram feitas de couro preto fino, bem engraxadas.

"Ótimo! Agora, se você puxar a perna da minha calça pra baixo, podemos ir. Puxa pra baixo das minhas coxas. Isso é muito bom", ele disse enquanto eu puxava o jeans engomado e desbotado. "É estético", comentou enquanto eu caminhava até o encosto da cadeira e começava a empurrá-lo pelo corredor. "Aprendi ao longo desses anos que meu público prefere que os detalhes sangrentos da minha vida sejam guardados só pra mim."

"Por que você não compra uma cadeira motorizada?", perguntei, tentando recuperar o fôlego.

"Já acabei com três. Não posso pagar por outra agora. Custa o mesmo que um bom carro popular de segunda mão."

"Você tem que dar ré no carro", ele instruiu, enquanto o empurrava para perto do Cadillac bege do Woody. "Tenho que ficar rente à porta primeiro. Aí a gente usa essa tábua como uma rampa." Colocamos ele no carro com a força de vontade dele e do meu corpo, sem quase nenhum problema. "Tudo está no movimento", ele disse já lá dentro. "Você tem bons movimentos. Você dança?" Eu tinha bons movimentos!

Fui direto para o Eastern Market. Londres tem o Covent Garden, Manhattan tem o Balducci's, e Detroit tem o Eastern Market. Brook se encostou no estofamento de couro bege com seu chapéu de palha e foi sugando minha alma e as paisagens ao longo do caminho.

"Seu carro é bem bom", ele disse, se virando para olhar para mim. "Nunca tive um carro."

"Nem eu, este aqui é do meu ex-marido."

A área do mercado estava pacífica, silenciosa naquele horário. Representei toda a cena para diversão dele. Uma parada rápida na Hirt Co., para comprar queijo, biscoitos cream-cracker amanteigados e uma cesta nova. Depois, na Gabriel's Middle Eastern Imports, para comprar seis tipos diferentes de azeitonas e pão pita. Depois, no Gratiot Central Market, para os aperitivos, sanduíches kosher de carne enlatada com pão de centeio e ginger ale Vernor's.

"Simplesmente adoro este lado da cidade", eu disse colocando metade do sanduíche ainda quente em cima de sua mão. Era assim que ele segurava os sanduíches. "O prédio do Woody fica bem ali", comentei, apontando para o leste. "Sou sua única inquilina. Ele tem um escritório no andar de baixo", disse, comendo meu sanduíche. "Uma vitralista projetou as janelas pra ele. Da rua dá pra ver a gueixa que ela fez nas janelas do meu quarto. Vou te mostrar. Woody pediu que ela fizesse um Buda sorrindo na janela do banheiro dele."

"Tem elevador?", ele perguntou, limpando a mostarda da barba.

"Não", respondi.

"Então o único jeito de eu ver é da rua. Eu não deixo que me carreguem por mais de dois degraus desde os trinta e cinco", afirmou, indicando com os olhos que estava pronto para o resto do sanduíche. Quando estacionei perto da Fonte Scott em Belle Isle, estava comprometida com ele pelo resto da vida.

Saímos do carro na direção oposta. A única diferença foi que desta vez tive que rearmar a cadeira. Ele carregou a cesta. O único momento em que hesitou em fazer tudo o que eu queria foi quando parei dois jovens de Detroit e pedi que me ajudassem a colocá-lo no chão. Mais tarde, me disse que ficou com medo de ter que contar a eles sobre a sonda. Ele não queria que ficassem constrangidos. Os homens em geral achavam a parte da sonda difícil de lidar, explicou.

"Você foi pro Vietnã, mano?", um dos sujeitos perguntou ajudando Brook a se abaixar. "Eu fiz aquela presepada."

"Não, perdi essa", Brook respondeu com um sorriso desconfortável. "Muito obrigado", ele disse, descansando sobre os cobertores acolchoados que eu coloquei no chão.

"Que tal uma cervejinha?", perguntei, pegando a sacola. "Tão saindo do trabalho?", disse, notando os emblemas da U.S. Rubber.

"Só me preparando pra ir", disse um deles, sorrindo e mostrando um baseado na palma da mão. "Vim dar um tempo aqui na ilha. As árvores e a água me acalmam."

"Valeu", o outro disse enquanto eu lhe entregava uma cerveja. Ele estava olhando para a sonda de Brook, pendurada em sua bota. "Vocês são irmãos?", perguntou, me olhando para se certificar se eu via. "Se parecem bastante."

"Somos", respondi antes que Brook tentasse explicar. "Muito obrigada", disse quando saíam.

"Faz dois anos que não toco no chão. Eu e Royale, minha segunda esposa, trouxemos Circe aqui no aniversário dela. Circe é a filhinha dela. Casamos quando ela tinha um ano. Sinto mais falta da criança do que da mãe."

"Você quer outro bebê?"

"Mais do que quero andar. Mas isso tá fora de questão pra mim, sabia? Minhas sementes tão trancadas no meu corpo", revelou. "Mais ou menos como as de uma mulher, eu acho", disse, aceitando uma cerveja.

"ELA TÁ VINDO, ELA TÁ VINDO", Brook gritou, ainda dormindo. Abrindo os olhos, começou a se repetir. Envergonhado, parou, pigarreou. "Tá na hora de você ir embora. A enfermeira já tá a caminho. Eu... eu tento mantê-la fora dos meus assuntos pessoais."

A essa altura, eu estava rastejando para fora da cama, pegando com pressa minhas roupas íntimas jogadas na cadeira como um relógio molenga de Dalí. Meu coração batia forte no peito enquanto eu cobria freneticamente meu corpo, correndo contra o tempo. Ela está vindo! Eu me sentia como um pai que recebe assistência do governo se escondendo no armário da namorada.

"TEM MAIS UM POUCO DESSE NEGÓCIO?", Brook perguntou, segurando os braços da cadeira enquanto verificava as janelas. Nenhum vizinho nos espiava. "Esse negócio" estava à espera num espelho de mão sobre a mesa de jantar.

"Quer mais um teco?", perguntei, me levantando do sofá. "Pega do papel-alumínio. Não tem muito", falei, colocando o papel-alumínio sob o nariz dele. Jurei que não daria a ele o estoque que eu tinha num pequeno frasco de vidro no bolso do meu roupão. Não naquela noite, pelo menos. Ele aspirou tudo antes que eu tivesse a chance de trocar de narina. Não sobrou um grãozinho para mim.

"Eita!", ele disse, jogando a cabeça para trás o máximo que conseguiu. "Uau! Queria que vendessem isso como vendem vitaminas. Acho que preciso. Você não quer não?", perguntou enquanto trazia a cabeça para a frente. "Aposto que tempera legal com sua vodca", continuou, me observando examinar o espelho. "Lewis, você conseguiu de novo. Sim, com certeza conseguiu."

"Chapou legal?"

"Sim, também! Me apresentou à outra mulher de quem eu gostei muito, muito mesmo." Essa é a número três, pensei enquanto sentava no sofá.

"Sério?", perguntei, tentando não parecer muito surpresa. Depois da última vez, ele tinha me prometido não se engraçar com alguém que eu conhecesse. Tinha sido uma jovem amiga, que me pediu para falar para ele parar de telefonar. A mulher dela ficou muito chateada com as ligações de Brook. Ela o chamou de eunuco frustrado, puxou uma faca para minha amiga. Eu contei tudo para ele.

"Quem vai ser dessa vez?"

"Dessa vez eu não vou te contar", ele disse, abaixando a perna direita do pedal para poder urinar. "Você não vai botar ela pra correr com suas histórias de terror." Eu contei à primeira sobre o tipo de ajuda que ele exigia de mim. "Sei que você pretende ser a única rainha neste tabuleiro de xadrez. Não vou te contar nunca. Não, cara, não mesmo!", enfatizou, piscando para mim. "Você pode ficar brava com ela e soltar a língua de novo. Ela é exatamente o meu tipo, suave, acetinada e...", ele listou.

"Silenciosa, egoísta e pobre", adicionei, sacando um frasco cheio da outra garota que ele gostava. "Quer um pouco?", perguntei, caminhando em direção à sua cadeira.

"Você acha mesmo que me conhece, né?", ele perguntou enquanto eu enfiava o frasco em sua narina esquerda.

"Sim, eu conheço", respondi enquanto ele a aspirava.

"WOODY", SUSSURREI NO TELEFONE. "Sou eu, a biba."
"Eu já conheço sua voz, Lewis. O que tá acontecendo?"
"Esse é o problema — nada", sussurrei.

"FALA DE MIM PRA ELA, LEWIS. Você sabe o que dizer. Tô cansado de ficar me explicando pros outros", Brook disse enquanto tomava uma daquelas intermináveis xícaras de chá. "Um dia vou escrever um panfleto, o título vai ser 'Brook, o Tetra', e colocar bem na minha porta, numa daquelas caixinhas que diz PEGUE UM. O parágrafo inicial vai ser assim: 'Eu sou Brook Fields. Estou paralisado do ombro até a ponta do dedão do pé. Fui reabilitado para pagar impostos'. Daí, vai ser mais ou menos assim", ele disse, usando uma voz infantil: "'Eu consigo falar'". Apontou para a boca. "'Eu consigo ver.'" Arregalou os olhos. "'Eu consigo ouvir.'" Mexeu as orelhas. "'Eu posso me despir, se'", ele sussurrou, "'você me der muito tempo, mas'", sua voz ficou mais baixa, "'não consigo me vestir. Não consigo *sh-h-h...*'", ele parou nesse ponto e abaixou a cabeça, "'sozinho'". Por favor, Lewis. Conta pra ela todos os detalhes por mim. Se você achar que ela não é forte o bastante para lidar com tudo isso, dê o dinheiro da passagem e meus sinceros agradecimentos", recomendou, batendo a caneca na bandeja.

"Sem problemas", respondi, me levantando da cadeira. "Me dá um beijo e eu não conto pra ela do seu bafo matinal." Ele não gostava mais de me beijar, mas beijou. "Uau, senhor, isso teve tanto tcham que eu mesma tô querendo me candidatar ao emprego. Por que você não me contrata?", perguntei, indo para a cozinha. "Eu sou forte o bastante."

"Isso não daria certo, minha querida. Ontem à noite seus martínis inspiraram uma de suas lenga-lengas mais interessantes. Um pouco antes de desmaiar você me disse que pretendia ser a única rainha no meu tabuleiro de xadrez." Eu não me lembrava de nada daquilo. "Já tô até vendo: 'Olá, residência do dr. Fields. É Elly Mae? Não? Você parece mais uma amiga dele. O nome dela é Elly Mae. Ela liga pra ele mais ou menos nessa hora todos os dias, quando mais tô ocupada'."

"Eu não faria isso."

"Sim, faria. Vamos manter nosso caso amigável. Tá bem?"

"Vou entrevistar a moça com você. Se não gostar dela, me dá um sinal perguntando se ela quer uma xícara de café", eu disse, entregando a ele outra xícara de chá. "Se gostar, contarei tudo sobre os efeitos da sua paralisia enquanto ela volta pra casa."

"Toque de verdade e tudo mais?", ele perguntou, sorrindo.

"Toque de verdade e tudo mais", respondi.

TÍNHAMOS EXATOS SETE DIAS COMO "AMIGOS". Foi um dos poucos domingos preguiçosos que passamos juntos. Na noite anterior, Kitty chegou na cidade e foi até a casa de Brook para conhecer "O Cabeça", que era como ele o chamava em segredo. Todo mundo sempre ama Kitty à primeira vista. Brook amou. Tudo tinha corrido bem até que chafurdamos na especialidade de Kitty — a combinação de champanhe e conhaque. Kitty, num estupor criativo, tinha assado um suflê de espinafre para nós. E também encenou para nós vários encontros com "sexettes". Incluindo aquele em que pegou um especialista em caratê que gostava de brutalidade antes de "se entregar pra mim". O lance foi que Kitty acabou correndo pelado que nem um louco pelo corredor, gritando, depois do primeiro golpe.

Estava tudo perfeito até a hora de K-K ir embora. Enquanto eu o acompanhava até a porta, de repente ele pulou de volta para a sala e agarrou Brook num abraço que terminou em beijo. Qualquer homem que se entregasse aos lábios de K-K por mais de dez segundos era classificado como uma "possibilidade". Brook levou quase quinze segundos para parar o beijo. Mais tarde, tentei explicar a K-K que foi o choque e a dificuldade física que o levaram a ultrapassar o limite de dez segundos. Kitty disse que Brook ultrapassou o limite porque gostou. Brook não disse nada naquela noite, nem nunca.

AO ACORDAR NAQUELA MANHÃ de domingo, deitada naquela cama com a boca colada sob suas axilas, senti como se tivesse encontrado um lar. As axilas dele cheiravam a violetas para mim. Me peguei mordiscando seus longos pelos. Eu queria levá-lo para todos os lugares. Em toda a minha vida, nunca havia acordado com um homem que desejasse explorar.

"Bom dia, Lewis", ele murmurou com uma voz anasalada. "Ainda tô muito cansado." Eu estava lambendo sua axila bem naquele instante. E apenas a senti contraindo. "Tenho que me levantar, tenho prazo pra entregar um artigo do *Smithsonian*. Para já com isso."

Eu o soltei com relutância, pulando da cama o mais rápido que consegui. Quando me aproximei de sua barriga, coloquei as minhas mãos debaixo das cobertas e habilmente alcancei o urinol cromado e cheio de urina entre suas pernas.

"Volto já", prometi. Enquanto recolocava, ele estendeu a mão e agarrou minha xoxota, que estava aparecendo por baixo de uma de suas blusas gigantescas de pijama. Respondi no automático, recuando.

"Não gosta disso a não ser que você esteja no controle, né? Com licença." Depois disso, ele começou a bater de leve na área do rim, do jeito que fazia quando sentia que deveria urinar.

"Às vezes, a distância de um braço é distante demais pra mim", ele disse, olhando para o teto.

ESTAVA TORCENDO PARA SER A ÚNICA PESSOA a sentir o cheiro de urina em nós quando parei no estacionamento do restaurante Joe Muer's perto do pequeno galpão dos atendentes. Simplesmente não tínhamos tempo para voltar ao apartamento dele e começar tudo de novo. A culpa foi minha. Eu deveria ter verificado aquele maldito fecho antes de ajudar Brook a entrar no carro. Seria seu primeiro encontro com Woody. Nem cogitamos a ideia de voltar para casa e começar tudo de novo.

"Como vai, senhora?", Lamont, o manobrista sorridente, perguntou enquanto se aproximava do meu lado da porta.

"Tudo bem, Lamont", respondi, saindo do carro. Lamont sentiu o cheiro. "Por favor, dê uma mão ao meu amigo. A cadeira dele está no porta-malas." Brook estava olhando para nós, sorrindo. Acenou todo alegre para Lamont, que sorriu de volta.

"Deixe comigo, senhora", respondeu entusiasmado, indo até o porta-malas, que eu já tinha aberto de dentro.

"Vamos encontrar o médico", eu disse, tirando a estrutura da cadeira do porta-malas. "Ele já chegou?"

"Ainda não. Como está, senhor?", perguntou, levando a cadeira com gentileza até a porta de trás para Brook.

"Muito bem, dadas as circunstâncias. Você poderia me dar uma mão aqui?", ele perguntou, olhando para Lamont parado. "Vou precisar passar no banheiro masculino antes do jantar. Tive um acidente."

"Certamente, senhor. Será um prazer."

"Você é do Kentucky ou Tennessee?", Brook perguntou enquanto Lamont colocava a prancha sob os quadris de Brook com muito jeito.

"Lexington, senhor. Passei a metade da minha vida aqui."

"Eu sou de Hartsville, Tennessee."

"Como você percebeu? Pelo meu sotaque?"

"Sim, e seus modos", Brook disse bem sulista.

Lamont estava abaixado, segurando-o pelo cinto, pronto para começar a tirar Brook do carro.

Assim que Lamont o colocou na cadeira, Woody e Cookie chegaram. Eu estava pronta para dizer: "Woody chegou", quando Brook deu um assovio longo e baixo.

"Eis um homem de bom gosto", disse com doçura, olhando para o carro de Woody, um Lotus Elan amarelo-canário.

"É o médico", disse Lamont, correndo para abrir a porta para Woody.

"É o Woody?", Brook perguntou.

"E sua esposa", respondi, observando enquanto Cookie saltava para fora com a ajuda de Lamont.

"ME AJUDA A FAZER UM BEBÊ HOJE À NOITE?"

"Você pegou o cara errado aqui, Lewis", Woody disse, preparando uma bebida refrescante para si.

"Por favor?"

"Pra você e Brook?"

"Eu e Brook."

Ele me entregou uma bebida refrescante. Vodca com gelo.

"Dá uma olhada naquelas inseminações."

"Já vi." Terminei minha bebida.

"E?" Ele também terminou a bebida dele e pegou meu copo vazio antes de voltar às garrafas.

"Não aceitam mulheres solteiras."

"Então, se casem. Vocês dois são solteiros."

Com gelo para nós dois dessa vez.

"Ele disse que quer um bebê, não eu."

"Hummm!"

"QUERIDA, É IMPRESSIONANTE quanto tempo cada uma de nós se dedica e mesmo assim o trabalho parece não ter fim", a sra. Richards sussurrou para mim enquanto eu estava ali, tomando uma xícara de chá e comendo um pãozinho de centeio recém--tirado do forno. "Lewis, por que você não se senta e aproveita seu café da manhã?"

"Não posso. Tenho que levá-lo ao terapeuta às dez horas. Já são oito e meia. Ele está muito irritado esta manhã. Parece que Doll não vai poder vir pra datilografar até a semana que vem", respondi, terminando meu pãozinho. "Disse que a demitiria só por causa dessa atitude, se encontrasse outra datilógrafa tão boa quanto ela." Doll, pensei, se recusou a ajudar Brook a sair da cama um dia desses. "'Não vou me meter nos seus problemas pessoais, Brook', aquela bruxa falou, parada ali na porta, olhando pra mim ali deitado", ele me contou.

Doll tinha a postura de quem sabia o seu papel. "Eu tenho Vegas, ele é o único bebê que eu vou cuidar. Sou do setor administrativo, não da enfermagem. Eu não sou a mulher dele. E ele diz que você também não é, nem Tommie", ela disse com seu sorriso de duende. Doll tinha dentes lindos. "Vocês duas obviamente não têm mais nada para fazer além de ficar paparicando ele. Eu tenho. Vocês gostam dele. Eu não. Até admiro, mas gostar, não", ela disse me olhando por cima dos óculos de aro grosso. Seus pequenos olhos castanhos brilhavam. "Penso nele apenas como um cara que acabou numa cadeira de rodas. Ele joga uns jogos difíceis. Até a sra. Richards é atraída por ele. Ela também acha que ele é indefeso. Vocês acabaram de conhecê-lo. O que vocês acham que ele fez nos outros dezenove anos?", ela perguntou. "Ele saiu de casa cinco anos depois do acidente. E foi isso, casou duas vezes num total de seis anos. A primeira era uma herdeira de tabaco, sabe", Doll disse, me encarando.

"Ele tinha uma bolsa para estudar na Inglaterra. Não precisava do dinheiro dela", respondi, me sentindo orgulhosa em poder defendê-lo de uma acusação.

"Ele tinha mesmo, mas precisava mais de pés e mãos amorosos. O tipo de ajuda que ele precisa o dinheiro não pode comprar. Além de companheira, ela era datilógrafa, enfermeira e motorista. Sem falar nos extras." Doll estava compartilhando uma de suas listas comigo.

"Extras? De quê?", perguntei, saindo do escritório onde estávamos conversando.

"Extras, sabe, amantes, ingressos de teatro, restaurantes chiques, pousadas rurais", ela listou. "Roupas. Você já deu uma olhada em algum dos artigos clássicos que ele tem? Acha que é a primeira a insistir que ele faça um terno sob medida? Pois alguns desses foram feitos na Savile Row. É só olhar as etiquetas. Ele usa roupas comuns agora porque combinam com sua posição atual."

"É melhor eu voltar antes que ele grite. Obrigada pelo lanche, sra. Richards", sussurrei, me virando para sair da cozinha.

Brook estava deitado enrolado em duas toalhas de banho azul-bebê. Ele interrompeu Donahue enquanto eu puxava uma das toalhas. Seu corpo era quente ao meu toque. A temperatura no quarto geralmente era de vinte e cinco ou trinta graus.

O corpo de Brook sempre estava em temperatura ambiente. Ele imaginava como era do pescoço para baixo. Fiquei de frente e desabotoei a camisa dele que eu usava. Por baixo, vestia uma regata de pijama azul transparente. Ele sorriu enquanto se concentrava em meus seios. "Pronto?", perguntei, colocando uma meia térmica preta em um de seus pés.

"Mais do que pronto. Pensei que você e a sra. Richards estavam tomando chá. Lewis, eu preferiria que você mantivesse uma certa distância das minhas ajudantes. Siga meu exemplo. Eu preciso de privacidade", ele disse.

Coloquei uma camiseta verde limpa sobre sua cabeça enquanto ele falava, levantei um braço dele, puxei, depois o outro.

"Vou tentar", prometi, puxando a camiseta para baixo. "Jeans ou veludo hoje?"

"Guarda-roupas é o seu departamento. Tenho muitas outras preocupações hoje." Então, ele se jogou de volta nos travesseiros. Fui me aproximando pelo pé da cama com uma calça de veludo marrom-escuro. Indo para o lado, coloquei minha perna direita na cama, me preparando para vestir a calça nele. Enquanto levantava suas pernas sobre as minhas, ele gritou:

"Pelo amor de Deus, Lewis, cuidado! Você não tá vendo que eu tô mijando? Não quero essa coisa voltando. Minha pele não aguenta!"

Antes que pudesse me conter, reagi tirando minha perna e minhas mãos. As pernas dele caíram com um baque.

"Eu tô fazendo o melhor que posso!", gritei enquanto seu corpo entrava em espasmo com a mudança abrupta. Eu vi Doll sorrindo.

"Se isso é o seu melhor nesta manhã, então pode parar!", ele ordenou. "Sra. Richards!", ele gritou. "Sra. Richards, venha aqui me ajudar!"

"VOCÊ PARECE UMA PESSOA DESSAS REVISTAS. Cachecol branco longo, botas de montaria, esses cachorros", Brook disse enquanto eu entrava no carro de Woody com eles.

"Sério? Quais?"

"Ah, hum, uma das melhores."

"Não é *Easy Rider*?" Eu assinava essa.

"Não."

"Nem *Iron Horse*", Woody interrompeu enquanto ligava o carro. Íamos ao London Chop House para o Dia dos Namorados. Eu era convidada deles.

"Não", Brook respondeu. "Acho que não é uma revista americana. Acho que alguma que vi em Londres."

"Ou em Paris", Woody acrescentou.

"Isso", ele concordou.

"Espere só até ver Long Tall Sally, cara", Woody contribuiu.

"*Long Tall Sally estava andando pelo beco*", eu cantei. "Ela é a garçonete que Woody adora dar umas olhadas no Chop House."

"É isso aí", Woody concordou, chegando no restaurante. "Ela é a razão de eu vir aqui sempre que tenho cem dólares sobrando."

Eu já estava imaginando Brook olhando pra ela, observando-a, pensando em como seria a sensação daquele longo cabelo ruivo deslizando pelo seu peito. Eu a odiava. Pensando naquele arbusto de cabelo de anjo cobrindo sua boca, me lembrei da vez em que ele me pediu para não aparar os meus. Lembrei da cara envergonhada que fez quando eu contei que não tinha aparado.

"Agora me lembrei", ele disse enquanto o porteiro abria a porta de Woody. "Você parece ter saído na revista *Elle.*"

"Essa é boa, Woody?", perguntei.

"Uma das melhores", ele respondeu, sorrindo.

BROOK GOSTAVA MUITO DE TOMAR cerveja quente importada com canudo. O canudo o livrava da preocupação de derrubar a garrafa. Naquela tarde particular de agosto, estávamos estacionados no Memorial Park, que fica bem perto do Whittier Hotel. O Whittier é uma daquelas raras relíquias da era pré-impostos, um lugar que apresenta luxos como um píer privado para barcos e uma piscina olímpica com uma fonte no meio. Não é preciso nem ter muita imaginação para visualizar Henry Ford I ou Horace Dodge passando para jantar. Eu tinha parado lá porque naquela época era raro alguém atracar ou estacionar por ali. Poucas pessoas sabiam sobre o local. Woody o descobriu um dia, anos atrás, quando teve um barco.

Quando eu estava prestes a servir nosso almoço, apareceu um veleiro no rio Detroit. "Minha nossa", Brook comentou. Achei melhor esperar um pouco antes de dizer a ele que era o antigo barco de Woody. Assim que Brook superou a surpresa do barco, foi presenteado com um segundo prazer: uma marinheira de um metro e oitenta usando um biquíni fio dental vermelho ao leme. Resolvi deixá-lo aproveitar antes que recebesse seu próximo presente — Robinson Lexington Robertson III.

Enquanto a garota desligava os motores, Robin saiu da cozinha também usando um biquíni fio dental vermelho. Brook continuou dizendo: "Jesus". Continuei olhando, esperando para contar sobre o pessoal.

"Que tipo de embarcação é essa?", ele perguntou, ainda olhando para a moça.

"Um Swan 44", respondi profissionalmente.

"Como você sabe disso?", ele perguntou, olhando para Robin enquanto pulava do barco para amarrá-lo ao cais.

"Woody vendeu para Robin, aquele cara ali", respondi assim que Robin me reconheceu e acenei. Ele parecia ainda melhor do que da última vez que o vi — mais magro, mais bronzeado, mais loiro. Parecia que tinha descolorido o cabelo naturalmente cor de areia. Aquela nova versão parecia ter saído da *Blue Boy*. Brook logo percebeu no que eu estava focada.

"Imagino como ele conseguiu colocar os cocos dentro daquele baú minúsculo. Seu amigo?"

"Costumava ser."

"Conhece a mulher também?"

"Hum-hum. Sim. O tipo. Ele sempre tem uma desse tipo."

"Que tipo ela é?"

"Rica. Estranha."

"Me dá a impressão de ser uma combinação fulminante."

"Com certeza é."

Lembrei da moça que Robin insistiu que eu conhecesse. Nina era do norte da Itália, loira. Tudo ia bem até que acordei sóbria uma manhã e a encontrei aninhada no meu peito, mamando. Antes que desse por mim me transformei na rainha Kong e a joguei contra a parede. O impulso foi tão forte que ela ficou inconsciente. Mais tarde me disseram que ela sofreu uma concussão cerebral que afetou sua fala. Daquele momento em diante, ela não conseguia emitir sons de *x* e *ch* nítidos. Imagina como deve ser não conseguir dizer *chupa* com nitidez? Como resultado, Robin me baniu de sua vida.

Eu estava passando um dos sanduíches de carne em conserva para Brook quando subiram pela escotilha até a proa. Ela olhou um instante para o nosso carro antes de desabotoar a blusa e se deitar. Brook quase se engasgou com o sanduíche. Mantive os olhos em Robin, esperando por aquele sorriso satânico que já tinha visto aparecer antes de uma ou outra das cenas que ele criava. O sorriso veio segundos antes de ele deitar em cima dela. Brook ficou ligeiramente vermelho quando percebeu o que estava acontecendo naquela proa. No entanto, não se virou em nenhum momento. Quando Robin jogou a parte de baixo do biquíni para o alto, pensei que o coração de Brook tinha parado; ele deu um respiro fundo e brusco. Ri nesse momento, lembrando da vez em que saí para jantar com Robin em Montreal num desafio, usando apenas um minivestido de renda amarela e uma calcinha também de renda amarela. Foi incrível perceber quantas pessoas pareciam não notar.

"Eles não fazem nenhum barulho", Brook sussurrou, como se estivéssemos num teatro.

"Ela vai fazer quando ganhar o popper."

Como se ele tivesse me ouvido e obedecido, ela começou a fazer barulhos que podíamos ouvir. Senti um aperto na calcinha antes que ela soltasse um alto "Aaaahhh!". Brook deixou cair o último pedacinho do sanduíche.

"Onde ele encontra essas moças?", Brook perguntou. "Quero ir lá também."

"Ele não encontra", respondi, me perguntando se deveria aplaudir, assoviar ou ir embora.

"Elas que o encontram?"

"Com certeza", respondi, ligando o motor um segundo antes de Robin rolar para o lado, fingindo dormir.

"Espera só um segundo. Devagar, Lewis. Acho que o show não terminou", Brook disse olhando para a frente. De fato, não tinha acabado. Lentamente ela se levantou, lentamente se virou e lentamente desceu para a escotilha.

"Podemos ir agora", ele disse, virando para mim pela primeira vez no que pareceram horas.

"Pra onde?"

"Ah, deixa eu e minha cadeira onde você acha que alguém assim vai me encontrar. Algumas delas devem gostar de aço e borracha."

"Elas gostam." E de escravidão, pensei, enquanto limpava migalhas do bigode e da barba dele.

OH BABY E EU ÀS VEZES NOS ENFIÁVAMOS na minha cama e brincávamos. Convocávamos Brook e ele fazia o que quiséssemos. De modo geral, depois que ele aparecia, nós fazíamos com que ele chegasse bem perto e olhasse para nossa garotinha. Às vezes, seu olhar profissional nos fazia rir. "Parece uma cornucópia", fazíamos ele dizer uma vez ou outra. "Deixe-me enchê-la pra vocês, moças. Abram!" Então ele tocava nossa preciosa pétala pelas bordas, provando de vez em quando. "Tem um gosto melhor do que trufas negras fresquinhas, moças", dizia. "Tão, tão doce. Toda *minha*, né?", perguntava. "Sua", murmurávamos em resposta enquanto suas carícias faziam o néctar dela fluir para baixo e para fora e pelas bordas. Depois, a gente mandava ele embora, em geral pela janela, bem antes de liberá-la.

EU SABIA QUE A GAROTA QUE SAÍA pela porta de incêndio era a Tommie, "amiga" de Brook. Ela também sabia que eu era eu, entrando pela mesma porta. Depois de dividir travesseiros, uma mulher consegue sentir o cheiro de outra sem vê-la. Ela conhecia o carro de Woody, tenho certeza, assim como eu conhecia o dela. Na minha imaginação, ela era pequena, por causa do tamanho dos chinelos de pano felpudo que ela deixava sob a cama de Brook. Tenho certeza de que ela sabia que eu era grande pelo tamanho da muda de roupa que guardava no armário dele. Não conhecíamos o som da voz uma da outra; Brook sempre atendia o próprio telefone. Ele não queria que Royale, sua ex-esposa, soubesse que qualquer uma de nós o "ajudava", sabe? Esse estado de desamparo que ele fingia revelava o melhor da maioria das mulheres. No começo, eu mesma me fiz acreditar que ninguém além de mim poderia cuidar dele. A governanta de meio período era para cuidar somente da casa. Tommie era uma amiga. Sestra puxou meu casaco. "Vadia burra", ela me disse.

Tommie tinha a pele acobreada e era alta, mas delicada. Parecia uma daquelas obras de arte iorubá da Nigéria. Os lábios salientes e untuosos pareciam fazer um beicinho. Olhos castanhos ovais cheios de reflexos verdes disparavam para o mundo. Ela se maquiava com aquele visual de mulheres dominadoras. Linhas finas de kajal enfatizavam seus olhos de corça. O tom rosa acentuava as maçãs do rosto salientes e ossudas. Eu sabia que o penteado era ideia dele. O cabelo escuro e crespo estava preso geometricamente ao redor de sua pequena cabeça esculpida. Os menores brincos de pérola já vistos adornavam suas orelhas. Eu tinha certeza de que ele também os escolhera. Um casaco Burberry já meio desgastado envolvia seu corpo com certo desleixo estudado. O jeans Levi's envelhecido caía com perfeição no bico das botas surradas. Seu longo cachecol de lã Vanderbilt pendia em volta do pescoço. Quando me aproximei da porta, ela baixou os olhos. Mas, infelizmente, eu já a tinha flagrado olhando meu chapéu. Eu estava usando um antigo dele, de feltro verde. Ela não deve tê-lo visto muitas vezes para não o reconhecer. Enquanto passávamos cuidadosamente uma pela outra, sentia seu cheiro. Manteiga de cacau e rosas. Ela cheirava como ele. Eu mantinha pequenas misturas de rosas dentro das fronhas dele. Quis dizer oi, mas não disse. Não é estranho como um homem pode separar mulheres que poderiam ser boas amigas?

"Ela disse que você a intimida", Brook me disse uma noite.

"Como assim? A gente nem se conhece."

"Ah, ela ouviu falar de você", ele disse.

"Posso saber quem falou de mim pra ela?"

Eu me senti pesada e letárgica quando me aproximei da porta, apenas lembrando da energia jovial dela.

Quando entrei, Brook estava na cozinha, tentando em vão colocar sua taça de vinho favorita na pia. Me aproximei e soltei seu dedo indicador da haste da taça.

"Posso tomar uma taça de espumante também?"

"Claro", ele respondeu com tranquilidade, olhando para mim. O tom rosado de suas bochechas denunciava o constrangimento.

Ele preferia que eu soubesse que tudo o que os dois faziam juntos era a lição de casa dela ou que conversavam sobre o último projeto dele enquanto tomavam chá. O relacionamento deles era casual, platônico, inocente, assim como o nosso. Éramos apenas amigas dele.

"Encontrei Tommie no saguão." Eu estava me servindo do resto de espumante deles numa caneca de cerveja.

"Ela passou por aqui a caminho da aula de balé", ele disse, puxando os dedos tortos da mão esquerda com os dedos tortos da mão direita. "Ela tem levantado peso, tentando fortalecer as costas e os braços. Disse que espera ter total controle de sua mente e corpo quando tiver vinte e três anos." Ele estava me observando engolir o vinho com muita paciência, então acendi um cigarro.

"Por que não podemos nos encontrar oficialmente?"

"Ela disse que não quer te conhecer", ele respondeu, respirando fundo entre cada palavra.

"Qual é, querido? Algo que ela ouviu?"

"Não, nada que ela ouviu", ele disse, ainda puxando os dedos. "Coisas que ela viu."

"Tipo o quê?", perguntei, saindo da cozinha.

"Ah, aquele seu Cadillac bege monstruoso."

"Não é meu. É do Woody", gritei do banheiro.

Queria conferir se ela tinha usado a escova de dentes. Tinha usado. Examinando as duas toalhas úmidas com o nariz, senti o cheiro dela em uma delas. Dois fios de cabelo escuros e crespos também estavam presos numa das toalhas.

"Ela sabe que aquele frasco de perfume lá em cima não é meu", ele disse, passando atrás de mim no momento em que eu jogava os lençóis usados no cesto. "E ela também não pôde deixar de notar aquele quimono preto de seda atrás da porta. Ela também sabe que eu não uso aquele desodorante íntimo Norforms que você insiste em deixar escondido na gaveta com meus suprimentos cirúrgicos. Levei um puta sermão sobre espécies animais ameaçadas de extinção quando ela viu seu casaco de pele de lobo no armário. Ela também sabe que eu nunca durmo do lado da cama onde você insiste em deixar seu copo."

"O que mais ela sabe?", perguntei, colocando toalhas limpas na prateleira.

"Sabe que você é uma das minhas amigas também", respondeu, saindo da porta do banheiro.

"Então por que ela não quer me conhecer?"

"Ela acha que o estilo de vocês duas não combinaria bem. Ela é muito sossegada. Uma pessoa muito reservada", murmurou enquanto ia em direção ao quarto. "Lewis, por favor", ele gritou. "Não tem competição nenhuma. Não existe nada pra conquistar aqui. Ela entende isso. Ela sabe. Você que parece não entender."

BROOK E EU NOS DIVERTÍAMOS MUITO, especialmente naquelas longas, frias e nevadas tardes de sábado em Michigan. A sra. Richards folgava aos fins de semana, o que significava trabalho pesado para mim, mas liberdade para nós. Às vezes, ele nem saía da cama. Certo sábado, eu estava deitada no meu lado da cama lendo *O retrato de uma senhora* e Brook estava no lado dele, lendo *O americano*. Henry James era nosso escritor favorito. Já fazia um tempo que eu estava pensando em apresentar Brook à minha amiga Oh Baby quando chegasse o momento certo. Acho que os títulos dos nossos livros me inspiraram a fazer isso naquele momento. Ela estava esperando pacientemente embaixo da cama dele, escondida num saco plástico.

"Quer conhecer Oh Baby?", perguntei no mesmo tom que usaria para perguntar "quer conhecer minha mãe?".

"Oh, quem?", ele perguntou, olhando para mim.

"Oh Baby, meu vibrador japonês."

Então me abaixei e a puxei para fora.

"Pra mim parece mais uma miniatura de pneu", ele disse, olhando para ela. "Pensei que todos tinham o formato de banana."

"Meus primeiros tinham. Mas eu prefiro esse formato fofo dela. Woody me deu isso e uma caixa de fogos de artifício no último Quatro de Julho. Ele deu um para sua garota, Cookie, também."

"Tirar um pouco do peso dele, hein?" Ele estava fechando o livro.

"Sim, isso também, tenho certeza. Ele disse que comprou porque, de fato, acreditava que deveriam ser tão comuns neste país quanto abridores de lata."

"Imagino que sejam mais saudáveis do que aspirina", Brook disse, olhando para ela. Ele tinha um brilho nos olhos.

"E mais barato do que psiquiatras", acrescentei.

"E mais administrável do que homens", emendou, me observando conectá-la.

"E rápido como um raio", respondi no mesmo tom, enquanto jogava as cobertas para trás, abria as pernas e a ligava.

ERA SEMPRE DIFÍCIL MANTER BROOK longe da cozinha. Ele adorava me ajudar a cozinhar. Em uma noite em particular, "nós" estávamos preparando peixe fresco, arroz integral com manteiga e salada de espinafre. Assim que o peixe começou a chiar e o vinho Vouvray estava gelado, Brook começou a me sondar sobre algumas ideias que acredito que ele tenha pensado durante todo o dia. Mais tarde, muito mais tarde, desejei ter dito a verdade a ele, não mentido como menti.

"Tem certeza de que não se importa que Tommie venha hoje à noite?", ele perguntou assim que comecei a virar o peixe. Fiquei de costas para não ter que encará-lo. Eu sabia que ele estava planejando procurar no meu rosto algum sinal negativo.

"Não, não me importo", menti. "Eu gosto da Tommie."

"Me diz se você se importa, porque toda vez que misturei minhas amigas, tive dias difíceis. As mulheres não conseguem se dar bem."

"Qualquer pessoa que se importa com você importa pra mim também", menti, enquanto clarificava a manteiga para o meu molho especial de cannabis. Brook gostava de um pouco de erva nas refeições, às vezes. "Se uma pessoa te ama, eu posso amá-la também", disse, desligando o fogão e encarando-o pela primeira vez desde que aquela conversa tinha começado. "Entendeu?"

Ele estava com o queixo apoiado nas mãos, olhando para o chão, sem olhar para mim, bem como imaginei.

"Acho que sim. Então você não se importaria se eu convidasse a Pinkie também."

Pinkie?, pensei, a cabeleireira que eu tinha acabado de apresentar a ele, há menos de seis horas.

"Eu gosto dela de verdade. E você?", ele perguntou, levantando o queixo das mãos e afastando os dedos do punho com a outra mão. Esse era um tique nervoso dele. Eu me virei de volta para o fogão para verificar o arroz.

Aquela vagabunda, pensei enquanto levantava a tampa da panela bem devagar. Corei quando a ouvi perguntar mais uma vez: "Como que ele faz isso?". "Muito bem", respondi depressa.

"Lewis", ele disse bem alto, "você gosta dela, né?"

"Ela é bonita", respondi, mexendo o arroz com um garfo. Minha vontade era cuspir na comida. "Gosto dela. Ela é bem parecida comigo. Capricorniana também", disse, me virando de novo.

"Parecida com você?" Ele não conseguiu esconder seu descontentamento.

"Sim", respondi, acendendo um cigarro.

"Hmmm", murmurou, puxando os dedos.

"Uma vez, um dos maridos dela a chutou quase até a morte, na frente da casa dela, durante uma tempestade de neve. Acho que ela tinha chamado o cara de viado molenga. Pinkie me falou pessoalmente para só usar essas palavras em interurbanos. Os dentes da frente dela são todos novos", eu disse, começando a preparar o prato dele.

"Vamos tomar um martíni antes do jantar", ele sugeriu enquanto saía da cozinha. "Coloca um pouco dessa coisa na nossa salada também."

Jantamos a maior parte do tempo em silêncio. Tínhamos bebido uma garrafa de vinho e um monte "dessa coisa" antes de ele retomar o assunto.

"É normal uma mulher se masturbar com regularidade?", ele perguntou, pegando uma porção de salada. "Tommie disse que a terapeuta dela acredita que é bem natural. Ela prescreve uma por dia e vende vibradores lá mesmo no consultório."

O que ele estava planejando dessa vez?, me perguntei. Talvez eu nunca devesse ter mostrado Oh Baby para ele.

"Vamos abrir aquela garrafa de champanhe que tá na geladeira", ele sugeriu enquanto eu caminhava em direção à cozinha. "Você já usou outra coisa além de Oh Baby?"

"Sim", respondi, abrindo a champanhe. "Tentei uma banana uma vez. E um pepino e uma salsicha polonesa."

"Qual você preferiu?", ele perguntou, aceitando uma taça de espumante entre os punhos.

"A salsicha foi a mais eficiente. Soltei sementes por uma semana com o pepino. Como uma perfeita idiota, descasquei primeiro. A banana esmagou."

"Se você tivesse comido cerejas maraschino e um pouco de sorvete, poderia ter feito uma banana split. Entendeu?", ele perguntou, batendo a taça na mesa para pegar mais champanhe. Seus olhos vermelhos junto com toda essa conversa me diziam que ele estava voando alto. "Você já usou os bons e velhos dedos?"

"Nunca usei", menti.

"Eu quero ver você usando os bons e velhos dedos", ele disse, num sussurro baixo e rouco, engolindo a bebida.

"Agora, agorinha?"

"Agora, agorinha. Por favor," ele pediu, me olhando nos olhos com a boca aberta.

"VOCÊS TRÊS?", foi o único comentário de Brook depois que terminei de contar que eu, às vezes, desmaiava quando Augus fazia amor comigo. K-K disse que eu "às vezes perdia os sentidos". "Docin', seus grandes olhos azuis estavam só um pouco abertos e uma quantidade respeitável de saliva escorria de um lado dos seus lindos lábios. Parecia que você tinha levado um tiro de zarabatana." Nessa hora ele se jogou na cama de bruços, esperneando, repetindo de modo histérico "zarabatanada". "Augus disse que você estava bem, que isso já tinha acontecido antes. Perguntei se ele me levaria ao nirvana também. Ele disse que podia tentar, mas que eu tinha que permanecer totalmente passiva, como você faz geralmente. Muita atividade pode impedir essa resposta particular."

"Chá de alecrim acalma os nervos. Você devia experimentar uma xícara, Lewis." Eu não bebia café ou chá, acho que do leite materno fui direto para o álcool. "Reza a lenda que quando a Virgem estava fugindo de Herodes com o Menino Jesus, numa noite ela lavou seu manto azul e pendurou num arbusto de alecrim coberto de flores brancas para secar. Na manhã seguinte, as flores de alecrim ficaram azuis e são assim desde então. É usado como um amuleto contra bruxaria também. Além disso", Brook continuou, "é distribuído em funerais para proteger os mortos e trocado em casamentos pra dar sorte." Vamos lá, garoto, eu estava pensando, pague pelos meus serviços com mais alguns fatos. Geralmente são mais interessantes do que seus conselhos. "Estudantes da Grécia Antiga bebiam para clarear a mente e refrescar a memória. Simboliza a fidelidade entre amantes desde os romanos", tagarelou. "Você devia enviar aos seus companheiros de brincadeira, Augus e K-K, meio quilo pra cada", ele sugeriu antes de interromper a divagação verbal.

"Pra quê?", perguntei docemente, colocando sua caneca fumegante de chá na mesa com cuidado. Ele odiava quando eu o pegava arrastando seu espesso e sedoso véu de sofisticação no chão.

"Pra, hum, simbolizar a fidelidade", ele respondeu, olhando para o chá.

"O QUE É UMA BUCETA, AFINAL, senão uma fenda com um pouco de pelo, Kitty?", perguntei ao telefone.

"É o que eu sempre digo, docin'. Que horas são aí, afinal? Tô com meus lindos óculos cor-de-rosa. Meu bem, Kitty festejou ontem à noite. A Princess e eu dançamos por toda a Midtown ontem à noite. Teve uma hora que eu estava na pista do Harrah's dançando 'Seasons for Girls', do The Trammps, quando de repente percebi que não sei mais dançar."

"Não sabe dançar?"

"Certeza que naum", ele disse com um sotaque sulista, no estilo Scarlett O'Hara. "A linda Kitty ainda tá dançando no Peppermint Lounge com Chubby Checker, queridinha. Uma vez acho que fui parar no começo dos anos sessenta. Acho que estava fazendo o passo do *pony*. Fiquei lá dançando sozinho e fora do ritmo sob a luz daquele globo brilhante. Com certeza foi bom, a galera toda tava chapada de loló e coca. Acho que ninguém importante notou que eu estava me arrastando por ali. A Princess tinha se mandado com um sheik que tava voltando pra Arábia Saudita ou algo assim. Ela tava convencida, ao que parece, de que parte do dinheiro do petróleo podia vazar pra ela. Me perdoe, anjinha, você me ligou pra me perguntar uma coisa, não foi? Desculpa, docin'."

"Você já respondeu", disse, me olhando no espelho do banheiro. O retrato de vitral de Woody parecendo um Buda sombreava o quarto fazendo meu rosto parecer cansado em vez de apenas inchado e velho. "'Bucetas são só fendas com pelos'", citei. Não existe nenhuma razão pra eu ficar histérica porque encontrei batom na gola e nos travesseiros do Brook.

"Pelo menos isso é tudo o que sempre foram pra mim. Mas você sabe o problema que eu tenho em convencer alguns caras de que o que eu tenho pra eles é melhor", ele afirmou com certa preguiça.

"Não acho que o que você tem seja realmente diferente", eu disse, procurando por manchas marrons nos meus olhos. Prince havia comentado que os olhos de uma mulher que bebe álcool demais envelhecem.

"As manchinhas marrons vão apagar esse azul", ele disse, pingando colírio Murine em meus olhos enquanto montava em mim por um bom tempo.

"Nem eu", Kitty falou como Bette Davis. "Acho que é só onde tá colocado mesmo. Mas eu tenho algo", disse com ar travesso, "que vocês não têm." Eu podia vê-lo se acariciando, deitado lá com seus óculos cor-de-rosa.

"O que é isso, K-K?", perguntei, arrancando alguns pelos soltos da sobrancelha.

"Você sabe." Eu continuava a vê-lo deitado lá, se acariciando num vai e vem. "O que você também tem, moça bonita?", murmurou com uma voz de garotinho.

"Um menino, eu também tenho um. Brook encontrou pra mim." Agora eu podia ver Kitty aumentando o ritmo de seus movimentos, imaginando Brook encontrando os meus.

"Obrigada, Kitty", disse, desligando sem fazer barulho.

"Paz e felicidade nos aguardam", comentei com minhas adoráveis bonecas azuis na cômoda.

ENQUANTO ESPERAVA BROOK numa manhã de novembro no corredor do instituto de reabilitação, imaginei enfermeiras vestidas com uniformes brancos curtos e engomados se oferecendo pra ele. Quantas dessas Florence Nightingales não usam calcinha, pensei, observando três enfermeiras empurrando um jovem loiro, do tipo jogador de futebol americano, amarrado de costas a uma maca. Dava até para ver sua urina escorrendo num saco plástico preso na lateral da maca de rodinhas. Todas sorriam para ele enquanto contava sobre o acidente. "Este jogador foi bloqueado..." Outro jovem, amarrado de bruços numa maca com rodinhas, se arrastava pelo corredor enquanto elas empurravam o herói para o elevador com alegria. A porta se fechou assim que ele entrou.

"Senhorita, você pode apertar o botão que sobe pra mim?", ele perguntou, tentando esconder sua exasperação. "Elas não me viram." Ele usava o cabelo em tranças, parecia um jogador de beisebol de rua.

"Claro", respondi, me levantando e indo até o elevador.

"O que você tá escrevendo?", ele perguntou, olhando para o meu caderno e o lápis que eu segurava enquanto apertava o botão para subir.

"Uma lista de coisas que tenho que fazer", respondi o mais calorosamente que pude, esperando que o elevador chegasse.

"Até logo", ele disse quando as portas extralargas se abriram. "Obrigado", arrematou se jogando para dentro enquanto o ascensorista segurava a porta.

Eu estava escrevendo esta lista enquanto esperava Brook fazer sua aula de direção. Desse modo, esperava evitar ter que olhar para o personagem digno de um filme de Fellini que passava por mim.

1. Loja de material cirúrgico para novo encosto de cadeira (estreito)
2. Departamento de ajustes para calças da Saks
3. Mercado Central de Gratiot
4. Banco
5. Kimbouroughs' Cleaners
6. Casa da sra. Richards
7. Biblioteca central
8. Faxineira de fim de semana — ligar para liberá-la no fim de semana
9. Aparar barba e bigode dele
10. Deixar as botas para conserto na sapataria

Essa lista era bem sem graça em comparação com outras que já tinha feito nos tempos em que era porra-louca. Uma vez, minha colega de quarto Ciarra e eu listamos os nomes de cada homem com quem já tínhamos transado e dos quais lembrávamos. Estávamos sentadas do lado de fora de um restaurante em Greenwich Village, o The Roadhouse, comendo mariscos cozidos no vapor, mandando ver uma terceira garrafa de vinho. A lista foi ideia minha. Depois, tiramos meia hora para analisar e categorizar. Deveríamos colocar um *check* ao lado dos "uma só vez", uma estrela ao lado dos que não passaram de três vezes e um círculo ao redor dos caras que passaram de cinco vezes. Em seguida, trocamos as listas e sublinhamos o nome das experiências compartilhadas.

Em uma hora, minha lista chegou a oitenta e oito. A de Ciarra totalizou exatamente duzentos. Ela parou quando não conseguiu se lembrar de mais nomes. A interpretação indicou que a maioria das "pequenas experiências", como rotulamos, eram "de uma só vez". As referências cruzadas confirmaram nossa crença de que éramos sexualmente livres de fato. Ela corou quando se deu conta de que listou Woody. Kitty, ela disse, sorrindo, era "o melhor". Assim que decidimos escrever uma lista de mulheres, Ciarra viu uma velha "amiga", que era como ela chamava todo mundo. "Talvez hoje seja o dia em que minha amiga acenando ali faça uma estrela", ela disse. Sem outra palavra, saltitou pela Sétima Avenida.

Um Brook sorridente apareceu quando eu estava pronta para me esconder no banheiro para fugir de mais alguns personagens de um filme de Fellini que circulavam pelo corredor. Fiquei especulando, enquanto o terapeuta o empurrava em minha direção, se eu estaria lá se ele fosse mais baixo, mais escuro e tivesse cabelo crespo.

"O DR. BROOK NÃO QUER CONHECER personagens como eu fora dos livros, Lewis", foi a primeira coisa que Prince disse naquele sábado de manhã. "Você não devia ter me mandado pra lá com aqueles malditos bolinhos."

Eu tinha pedido para Prince entregar um saco de papel com brownies recheados de nozes e maconha na noite anterior. Era a única maneira de Brook comer erva, além do molho de salada ou de espaguete. Eu mesma teria comido se não fosse sexta-feira. Sexta-feira não era "meu" dia; era o dia de Tommie.

"Uma senhora me deixou entrar quando estava saindo. Ela tinha os lábios mais vermelhos e os peitos mais pontudos que já vi."

"É a sra. Richards, a governanta", concluí. E me perguntei se Tommie tinha corrido e se escondido no escritório como costumava fazer quando eu aparecia em uma visita surpresa. Brook jurou que não achava nada de estranho naquele hábito; na verdade, ele gostava da timidez dela, ele disse, achava feminino.

"Não, eu não dei os bolinhos pra ela, querida. Ele levou quase cinco minutos pra sair do quarto e chegar à sala. A bateria da cadeira motorizada estava descarregada. Eu nem achei que ele fosse conseguir. Quando ele me viu lá, folheando um de seus livros, logo levantou os braços. Acho que deve ter me achado parecido com um autêntico Filho Nativo. A primeira coisa que fez depois que apertamos as mãos foi jogar aquela tábua de madeira de onde ele estava no sofá. Bam!" Prince bateu palmas para imitar o som da tábua de Brook batendo. "Aí ele chutou primeiro o pedal direito prum lado, depois o esquerdo, deixando os dois pés caírem no chão. Bum! Bum! Comecei a jogar aqueles malditos bolinhos nele e saí correndo antes que se levantasse e começasse a andar. Eu senti o poder dele. Sim, pode crer. Eu senti. Ele sentou tão duro naquela cadeira que já fui logo me despedindo e me preparando pra sair fora."

"E o que te impediu?"

"Os olhos dele, querida. Ele me pegou com aqueles grandes olhos azuis. Ele me ganhou quando começou a falar comigo, me olhando. Deve ser uma merda ser um homem do tamanho dele e ter que olhar pra cima pra encarar todo filho da puta que aparece", disse Prince, me dando um beijo suave de bom-dia na nuca. "Ele me convidou pra ficar pro almoço. Fez uma salada de frutos do mar pensando em mim. Até eu me dar conta que ele não conseguia tirar a tigela da geladeira, acreditei que ele tinha feito mesmo. Sem você, Lewis, eu e Brook e eu e Woody podíamos ser amigos", Prince continuou, enquanto puxava minhas cobertas. Sua língua parecia seca e quente viajando pelas minhas costas bem devagar.

"Aposto que o dr. Brook adorou a sua bunda também, garoto. Ele tem uma estrutura marcante."

"Ele é perfeito do pescoço pra cima."

Prince montou nas minhas costas enquanto conversávamos.

"Deixa eu colocar, Lewis", exigiu Prince. "Tô entrando bem atrás, garota."

Graciosamente, ele abriu a porta e entrou pouco a pouco. Eu tinha pedido para Kitty me ensinar como relaxar. Ele prometeu, depois que lhe dei tanto prazer quanto qualquer um dos caras. O problema que enfrentamos era de reciprocidade.

"No que você tá pensando, gata?", Prince perguntou, notando meu silêncio.

"Pensando em Kitty-Kat", respondi. "E você?", eu esperava que ele fosse cuidadoso como Kitty foi.

"Estava pensando em Brook", respondeu, aumentando o ritmo. "Essa é pra Brook, Lewis", ele gritou enquanto se esvaziava dentro de mim.

NÃO CONSEGUE GUARDAR UM SEGREDO, consegue? Consegue?, pensei enquanto observava o copo na pia. Eu tinha limpado a pia pouco antes de sair na noite anterior.

"Bom dia, Lewis", Brook disse grogue, com os olhos fechados. "Gostou do filme com Woody?"

Eu estava de pé na porta do quarto dele, estreitando os lábios.

"A gente nem foi. Eu estava muito cansada. E você, se divertiu? Como Tommie está?"

"Não sei. Não falo com ela já faz uma semana ou mais." Ele olhou para mim com um ar de inocência enquanto eu puxava o urinol vazio de entre suas coxas. "Não precisei urinar desde que você saiu", acrescentou, me observando levantar as cobertas para recolocá-lo entre suas pernas. Olhando para seus pés, notei que estava sem meias. Eu havia colocado elas de propósito.

"Quanto tempo você levou pra tirar as meias sozinho?", perguntei, abaixando as cobertas.

"Um bom tempo", respondeu, começando a acordar de fato.

"Lewis", ele gritou, tentando me impedir.

"Esse batom no colarinho da sua camisa não é meu. Nunca mais tive a oportunidade de fazer isso. Nós nem sequer nos abraçamos esta semana", eu estava elaborando. "Pra que você tem que mentir pra mim? 'Uma noite tranquila sozinho' foi o que você pediu. Veio com essa de que estava com medo de que minha ajuda estivesse tirando sua independência. Só um pouco de 'privacidade para pensar'."

Eu estava de pé, na beira da cama dele, tremendo e chorando.

"Tá certo! Uma velha amiga ligou e passou aqui ontem à noite. Ela me ajudou a ir para a cama. Ela me ajudava antes", ele explicou.

"Uma velha amiga chamada Tommie", eu disse, pegando os chinelos de pano rosa dela no pé da cama. "Deixei isso aqui na cabeceira da sua cama, onde qualquer criatura que quisesse eles teria que procurar e antes de tudo saber que estavam lá." Joguei os chinelos no peito de Brook. "Por quê? Por que você não quer que eu saiba quando encontra com ela? Eu quero que você tenha amigos — amigas. Sinceramente, eu quero."

"Você quer ter o direito da aprovação. Quer o direito de controlar. Você quer muito em troca da sua ajuda!", ele gritou para mim.

"Acho que você tá quase certo", respondi, permitindo que nossos olhos se encontrassem por alguns segundos. "Cooperação reduz conflitos. Não tem nenhuma necessidade de se esconder. E é um costume bem antiquado."

"Pra você, talvez! Discrição, privacidade, significam se esconder pra você. Você faz palavras bonitas parecerem hábitos desagradáveis. Como você faz isso?"

"Pensando muito", respondi. "Eu penso muito. Neste momento, por exemplo, penso que já que é sábado de manhã e nós dois ainda estamos cansados, que eu deveria ir pra sala e me deitar", disse, passando por sua cama.

"Eu nunca te impedi de fazer o que quer. Vai lá. Faça o que te agrada."

Deitada no sofá dele, chorei de exaustão. Rezei também.

CERTA MANHÃ, não conseguimos levantá-lo para colocar o urinol de borracha. Depois de uma hora esperando que ele tivesse uma ereção psíquica, fui corajosa ao perguntar se eu poderia tentar.

"Isso não vai ajudar", ele disse, ficando vermelho.

"Relaxa, e me deixa tentar", insisti, me abaixando para pegar o urinol.

"Faz o que quiser, vai", respondeu, fechando os olhos com um suspiro.

"Você tem que olhar."

"E você também tem que olhar pra ele, tonta!", Sestra disse. "Lembra do que eu disse sobre os olhos de Brook."

Olhamos um para o outro enquanto o convencia com minha língua.

"Tem algumas coisas que você não sabe sobre mim, Lewis", ele disse, fechando os olhos.

"Ignore ele!", Sestra ordenou.

"Sobe em cima de mim", ele disse. "Me esquente um pouco que aí ele sai." Eu me senti como uma porca sentada numa caixa de ovos. "Aperta seus mamilos contra os meus, forte, me abraça", ele disse com os olhos fechados. "Isso é gostoso. Encosta o seu nariz. Agora pega o meu, Lewis", ele instruiu. "Isso, assim. Ai, sim! Ah sim!" Os longos pelos que cobriam suas pernas ficaram úmidos com minhas secreções enquanto me enterrava nele. Fazendo a coisa funcionar.

"BROOK, NÃO CONTE COMIGO pra ser uma dama por muito mais tempo", disse, ajudando-o a entrar no meu carro.

"Contar com você ser uma dama?", ele rebateu, com ênfase em "você". "Não posso contar com algo que não existe", ele disse, passando para o estofamento bege de Woody.

"Por que você teve que cortejar logo ela?", perguntei, empurrando suas pernas longas para dentro do carro. "Ela não é rica, nem bonita."

"Ela é muito talentosa", ele comentou enquanto eu prendia o cinto de segurança em volta do seu corpo. "É compositora. E redatora numa grande agência de publicidade, com um salário de vinte e cinco mil dólares por ano. Quando foi a última vez que você teve um salário, Lewis?", perguntou enquanto eu o puxava para uma posição inclinada. "Eu gosto da voz dela. É sonora, suave pro meu ouvido."

"Ela sabe dirigir?", perguntei, antes de bater a porta do carro.

"Claro, ela tem um Stingray novinho", respondeu todo orgulhoso.

"Ela tem telefone?", perguntei.

“Acho que sim”, disse, começando a entender o que eu estava querendo dizer.

“Sendo assim, dr. Brook, sugiro que você saia desse Cadillac velho e ligue pra ela vir te buscar e levar pro instituto de reabilitação no Stingray novinho. Tenho coisa melhor pra fazer.” Depois disso, peguei a cadeira de rodas dele e comecei a empurrar de volta para o prédio. Aquela cadeira parecia um cavalo sem cavaleiro.

TOMMIE DEVE TER IDO EMBORA quando toquei a campainha para indicar que estava subindo. Os chinelos dela estavam no corredor, ainda quentes. Com muita cautela, como se fossem dois montes de merda, peguei-os pelos calcanhares e levei para o banheiro. Ele deve ter sentido que eu os segurava sobre a lixeira ao lado do vaso sanitário.

"Ninguém mexe nas *suas* coisas", disse do quarto. Ele tinha me visto passando pelo corredor com os chinelos, pelo espelho que havia mandado instalar ali para esse propósito.

"Que coisas? Não tenho nada aqui além de uma escova de dentes."

E aí joguei os chinelos dela no lixo. Precisavam ser lavados de qualquer maneira, pensei, entrando no quarto e indo até a janela. Lá estava ela, raspando a neve do carro. Parecia que usava um macacão de neve cor-de-rosa. Aposto que ela sentou nos degraus da saída de incêndio e esperou até ter certeza de que eu estava lá dentro. Certa vez, planejei tocar a campainha e depois correr feito louca até a escada dos fundos e pegá-la enquanto saía. Como vai, srta. Gunn? Eu diria, sorrindo com doçura, enquanto nos cruzávamos nos degraus. Como nosso homem favorito está se sentindo hoje, srta. Gunn? Você o virou de lado antes de sair? Ou eu que terei que fazer isso, srta. Gunn?

"Coloquei a chinelinha da sua amiguinha no lixo. Precisam de água e sabão", disse, ainda observando-a pela janela.

"Não, não precisam. Isso não é da sua conta, Lewis." Ele estava virado de lado. "Minha amiga não usa seu sabonete perfumado. Nem suas lindas sacolinhas de compras francesas de crochê. Não existe competição nesta casa. Você não consegue entender isso? Tommie ficou aqui a noite passada porque já era tarde e o carro dela não pegava. Ela datilografou muito para mim."

"E o que posso fazer por você?", perguntei, observando-a dar ré com o carro para sair da garagem. Tive que parar no estacionamento público.

"Você pode esvaziar essa lata pra mim. Tá cheia. Ela te respeita, Lewis", ele disse enquanto eu removia o urinol de aço entre suas pernas. O cheiro estava forte naquela manhã. Precisava me lembrar sem falta de dar a ele os comprimidos para bexiga. "Ela não me vê como um território. Sou um amigo para ela. Nós nos ajudamos. Nos respeitamos."

"Você é um baita mentiroso", disse. "Eu tô cansada de compartilhar. Quer deitar de costas agora?", perguntei, afastando os travesseiros que o apoiavam antes que ele respondesse.

"Não! Seja minha amiga", ele implorou enquanto me preparava para virá-lo de costas.

"Não."

"Amizade é o que eu tenho pra te dar, Lewis."

"Amiga? Irmã? Qualquer título desses significa que eu não vou foder. Woody acha que eu sou irmã dele. Outra noite, enquanto estávamos deitados na cama, pedi pra ele fazer mais do que me abraçar. Ele disse que seria como incesto."

"E importa mesmo como nos chamamos?"

"Provavelmente não."

"Então?" Ele parecia alegre vendo que tudo aquilo tinha acabado. Estava resolvido.

"Então? Me chame de 'minha mulher'. Eu gosto, sabe. Ou você pensou em algo mais apropriado?"

"Que tal 'puta'?", ele respondeu, rindo.

"Que tal 'a puta' pra me distinguir melhor?"

"'Uma puta'", ele sugeriu rapidinho, ainda rindo.

"Saquei", respondi, me sentando na beirada da cama, colocando os braços ao redor de seu corpo.

"Tá! Manda ver!", ele disse, aceitando um beijinho.

"Que tal 'minha puta'?", perguntei.

"A BISAVÓ FICOU DOENTE, minha tia Hessie disse, porque não a deixaram ter um homem", Sestra me contou numa manhã enquanto tomávamos café. "Agora eu sei o que ela estava passando, Lewis. Às vezes eu me toco sem querer enquanto tomo banho e não consigo parar até terminar. Acordar sozinha no meio da noite latejando é o pior. Nenhum homem. Às vezes quero jogar as cobertas pra trás, abrir as janelas e gritar por qualquer homem que já conheci pra me aliviar. Meus mamilos doem mais ainda", ela acrescentou, acendendo um cigarro extralongo de baixo teor de alcatrão.

Era uma dama de dois maços por dia. Muitas vezes me perguntei como mantinha o hálito tão doce. Em algum momento vou perguntar como ela faz isso. Por um instante, lutei contra o desejo de tocar seus lábios grandes e carnudos. Sestra movia os lábios como, dizem alguns, as garotas devem mover a buceta — abrindo e fechando-os lenta e metodicamente naquele cigarro.

"Eu compraria um desses vibradores de que você vive falando, mas são muito barulhentos." Me olhou muito enquanto acariciava o cigarro com os lábios. Então continuou: "O barulho pode acordar meus filhos".

Fiquei pensando se deveria me revelar mais e contar sobre os novos modelos transistorizados. Apagando o cigarro, ela me estudou enquanto eu observava o descruzamento de um metro de pernas nuas. Plantando seus pés tamanho quarenta e três com firmeza numa cadeira de jantar de veludo, ela pegou outro longo cigarro marrom.

"Meu fogo chega até no estômago ultimamente. Minha tia Hessie disse que a bisavó costumava vomitar à noite também. Aposto que ela só precisava ser tocada em todo corpo. É provável que tenha se perguntado, como eu me pergunto, por que acreditava que uma boa mulher deve manter a cabeça e o potinho de mel separados o tempo todo."

"Porque garotas más têm bebês", interrompi. "Porque garotas más magoam a mãe."

"Porque garotas más são livres", ela entoou de volta.

"Porque os 'homens' não vão mais te querer", acrescentei.

"Olha, você pode até reprimir o desejo por muito tempo", continuou Sestra, "mas ele vem à tona bem na hora que sua juventude vai embora. Nossos seios começam a cair enquanto nossa barriga murcha e nossa bunda afrouxa. Esse líquido quente reprimido engrossa com a idade." Ela examinou uma das pernas em busca de varizes. "É um peso estar com tudo trancado por dentro, Lewis."

"Ninguém em quem você pode confiar pra se entregar se torna alguém que você quer", sussurrei. Sestra manteve os olhos fixos em outra bituca, que aos poucos moeu num cinzeiro de cristal transparente e lapidado. "É mais ou menos nessa hora que começam a chamar as mulheres de 'minha amiga'. Acho que os homens acreditam que uma buceta vintage fica seca igual champanhe vintage."

"A bisavó sofreu", repetiu Sestra, se levantando e entrando na cozinha para pegar mais café. Ela vestia um daqueles longos vestidos de náilon. Do tipo que as mulheres ganham em tom pastel ou branco dos filhos, e vermelho ou preto dos homens. Os dela eram sempre curtos demais para cobrir todo o corpo. Ela voltou devagar, como se se sentisse pesada. Sestra era grande, não gorda. "Quando você precisa mesmo de um homem", ela disse, levantando a xícara de café, "eles não precisam de você. Conforme nosso tesão aumenta, nossas oportunidades diminuem. Não é verdade? Não parece nada justo ter que usar de sabedoria pra seduzir os caras jovens."

"A gente nem sequer os considera. E não adianta olhar pras garotas também. 'Basta uma dessas coisas masculinas horríveis te tocar, e você se torna uma delas'", soltei, sorrindo com a lembrança daquela crença.

"Olhos turvos, sonhos perdidos, bunda flácida, barriga murcha, veias saltadas, hálito azedo", entoei, mergulhando em seus olhos castanhos melancólicos.

Enquanto derretíamos nos olhos uma da outra, me perguntei por que ouvíamos nossas mães. Vislumbrei todos os tetos que encarei estoicamente enquanto me submetia a um ou outro. Eu queria ter me aproximado mais.

"Brook diz que de manhã eu sou uma vadia."

"Ele não sabe por quê?"

"Ele diz que não sabe mesmo."

"Ele sabe", ela respondeu, olhando para o cinzeiro de cristal cheio de bitucas amassadas.

ÀS VEZES, BROOK FICAVA AGRESSIVO quando eu o despia. De modo geral eu o ignorava, desde que Woody me pediu para imaginar como seria não poder se sentar sem ajuda. Naquela manhã, no entanto, esqueci as palavras de Woody. Acho que porque ele tinha me acordado de hora em hora, ao que parecia, para virá-lo. Ele "achava" que estava sentindo a pressão tomando conta da pele. A pressão prolongada romperia sua pele, causando feridas. Ficava tão assustada que isso pudesse acontecer, do jeito que ele era.

"Eu sou tipo um bebê Gerber pra você né?", ele perguntou quando comecei a vestir suas calças.

"Um pouco", respondi.

"Você gosta de muitos aspectos do meu estado. Eu sei que gosta."

"Tipo o quê?" Eu estava calçando suas meias.

"Tipo controlar. Tipo o fato de que meu velho esperma nojento não pode te machucar." Enquanto eu fechava o zíper de suas botas: "Tipo eu não poder chutar seu rabo". Ele riu disso quando eu o puxei para ficar sentado. Permanecemos em silêncio enquanto eu colocava a prancha sob seus quadris e na cadeira. Um erro meu, e ele poderia cair no chão. Enquanto segurava seus tornozelos para ajudar a impulsioná-lo para a cadeira com uma série de empurrões coordenados, ele continuou: "Eu estou certo sobre você. Você sabe que estou".

Permaneci em silêncio enquanto colocava seus pés nos pedais, desgrudava a calça de sua virilha e colocava o braço direito na cadeira.

"E daí se você tá certo?", perguntei, colocando a prancha sobre seus apoios de braço. "Então não é muita sorte sua me conhecer? O que você faria com uma mulher que precisa de um chutador de rabo que jorra esperma?"

Ele permaneceu em silêncio enquanto eu empurrava a cadeira para fora de seu quarto na direção do banheiro, para que ele pudesse escovar os dentes na frente do espelho.

"Você é a pessoa mais arrogante, teimosa e agressiva que já conheci. Você é uma valentona cabeça-dura."

Ele estava se esforçando para conseguir mais liberdade. Sua frustração transparecia na maneira como segurava com firmeza a tábua de madeira. Eu sabia que ele queria arremessá-la.

"Primeiro você toma conta da minha casa..."

"A seu convite", retruquei.

"Depois você afugenta minha amiga." Seus olhos estavam vermelhos, pareciam chorosos.

"Não tenho poder pra afugentar bons amigos."

"Você envolveu os pais dela em nossos negócios."

"Pois não devia brincar com dependentes", rebati.

"Você é uma vergonha pra mim. A humilhação não significa nada pra você."

"Não do jeito que você tá falando", respondi, acendendo um cigarro.

"Saia da minha vida. Me deixe em paz. Eu não sou apaixonado por você. Você não consegue ver isso?"

"Você me deseja. Disso eu sei com certeza. Quem foi que disse que paixão é pré-requisito pra sobrevivência, afinal?"

"Eu não te amo, mulher", ele disparou com as primeiras lágrimas.

"Lá vem você, usando esse palavreado de colegial de novo", disse, balançando o dedo para ele como uma professora. "Parece que você ainda não percebeu que palavras pomposas não significam nada pra mim."

"Uma das coisas bizarras a seu respeito é que você manipula as palavras pra que se adequem a você."

"E por que não, seu idiota?" Eu estava ficando muito brava. Senti meus olhos esbugalhando fora de controle. "Jesus, Gandhi, Hitler, Churchill, Martin Luther King Jr. manipularam as palavras. Por que não Lewis? Palavras não têm vida sem interpretação." Minhas axilas estavam úmidas, exalando aquele cheiro antigo.

"Interpretação. Você quer interpretação?", ele disse com o rosto distorcido. "Tá aqui a interpretação — pega", ordenou. Com toda a força que conseguiu tirar de seus músculos vivos, ele atirou a tábua de madeira.

Gritei quando a tábua atingiu o meu peito. Tudo o que consegui fazer foi ficar ali. Depois, ele chutou os pedais para trás. Então abaixou primeiro um pé e depois o outro.

"Se eu pudesse te alcançar, eu enfiaria essa bota Bally com tudo nessa sua bundona."

Não pude me conter, corri para perto dele. Virei as costas e me abaixei, rebolando para ele.

"Você quer enfiar, seu cretino?", ousei. "Enfia!", ordenei. "Enfia aqui."

Enquanto dizia isso, olhei para trás. Naquele exato momento ele estava levantando a perna direita com os braços. Aquela bota Bally bateu bem no meu rosto, nos desequilibrando. Caímos no chão, eu primeiro.

"Ah, querida", ele gritou. "Me desculpe. Me desculpe. Você tá machucada? Eu te machuquei?"

Lágrimas quentes brotaram dos nossos olhos.

Fiquei deitada em silêncio no velho tapete verde, segurando o lado direito do meu rosto. Ele começou a rastejar meticulosamente até mim usando meu corpo como alavanca. Parecia uma enguia, se dobrando e desdobrando.

"Meu Deus, Lewis. Por quê? Por que você faz isso com a gente?", murmurou enquanto rastejava. "Lewis, você não tá numa competição. Não existe disputa entre nós. Pelo amor de Deus, querida, por que você tá sempre em guerra?"

"Acho que nunca conheci a paz", respondi quando ele enfim se ajeitou ao meu lado. "Fui criada no meio de conflito, miséria, hostilidade. Minhas mães passaram isso adiante. Meus pais não ficaram por perto o suficiente pra impedir", murmurei.

Lágrimas, ranho e cuspe saíam de nós dois. Estávamos nos apoiando um no outro.

"Talvez eles não soubessem como impedir, Lewis. Talvez não soubessem o que fazer. Meninos também sofrem, sabia? Eles não têm paz."

"A pele não tá rompida", ele sussurrou em meio às lágrimas enquanto examinava meu rosto. Então levantou a mão e a deixou cair com suavidade no meu rosto machucado. "Acho que não conheço minha própria força. É a primeira vez que bato em uma mulher."

"Todos os caras dizem isso", brinquei. Brook massageou meu rosto com os lábios e depois com os olhos. "Eu não quero te amar, Brook. Eu não quero amar nenhum homem. Mas é como se eu tivesse sido destinada a te amar. Eu não estava te esperando. Eu estava pronta pra começar a bordar ou algo assim."

Falando assim, ficamos abraçados até a dor diminuir.

QUALQUER NOVA-IORQUINO pode dizer que os sentidos de um nova-iorquino ficam entorpecidos quando pisa num monte de cocô de cachorro. Foi o que me ocorreu quando derrapei no meio-fio em LaGuardia com Brook. Ele teria sido jogado na calçada se Kitty não estivesse lá.

"Aperte o cinto, Brook. Tem uma estrada esburacada à frente", Kitty disse, segurando Brook. "Bem-vindo à cidade de Nova York, querido."

"É minha primeira vez aqui", Brook confidenciou, parecendo um pouco desconfortável quando Kitty o empurrou para dentro da limusine alugada.

"Queria te apresentar à cidade do mesmo jeito que fui apresentado."

"Como?", Brook perguntou.

"Numa limusine com motorista. Eu tinha dezesseis anos e estava viajando com um ricaço", explicou, entregando a pasta de Brook ao motorista. "Esse é o Martin. E lá está ela, cara", disse Kitty, apontando para Manhattan.

"Estudei os mapas das ruas de Manhattan por tanto tempo

que é como se já tivesse vindo aqui antes", disse Brook, aceitando um copo. "Queria ver a Quinta Avenida primeiro."

"E o Harlem, não?", perguntou Kitty, sorrindo.

"Talvez na volta", respondeu Brook. "Já vi o bastante nos filmes. Pra mim, passar de carro pelo Harlem seria o mesmo que visitar Auschwitz antes que os sobreviventes fossem resgatados."

"Martin, vamos pela Quinta Avenida primeiro", Kitty instruiu através da divisória.

Comecei a relaxar na terceira taça de champanhe. Para esquecer que perdi dois aviões no dia anterior porque Brook não permitiu que ninguém o levasse ao aeroporto, exceto Tommie Gunn. E ela se perdeu duas vezes. Conforme nos aproximamos da Centésima com a Quinta Avenida, meus músculos do estômago se contraíram. Fiquei três meses na ala psiquiátrica do Monte Sinai da última vez que estive na cidade. Olhei para o prédio enquanto passávamos, tentando não reviver a cena que me abalou. Eu tinha saído para passear com Augus e Kitty. Começamos com um jantar no La Trattoria de Alfredo na Bank Street. Depois seguimos para o Reno Sweeney's para o show de Novella Nelson. Éramos loucos por Novella Nelson naquela época.

Tínhamos acabado com toda a cocaína quando Kitty sugeriu que fôssemos a uma festa na Sutton Place. Ele garantiu que a bicha que estava dando a festa teria muitas drogas. Deixamos o ácido e nossas roupas na porta. Então fomos escoltados para o quarto enorme onde a festa rolava a todo vapor. Havia uma lareira acesa, cerca de uma dúzia de pessoas e uma cama incrível que ficava a um metro do chão. Empoleirado no centro, cercado por meia dúzia de corpos, estava nosso anfitrião, usando uma máscara de latão. As pessoas mais interessantes, no entanto, não estavam na cama. Eram os três músicos de smoking, no canto: violino, baixo e flauta. Eles sorriam do mesmo jeito que eu imaginava que sorririam se estivessem tocando em um casamento.

Kitty logo me empurrou para cima daquela cama. Antes que eu pudesse cumprimentar o anfitrião, uma mão apertou meu seio esquerdo. Lembro de ver Kitty beijando o anfitrião pelo buraco da máscara. E segurando Augus enquanto ele me cobria com seu corpo para impedir que qualquer outra pessoa me tocasse. E o medo que senti quando aquela sala escura cheia de música se tornou colorida para mim.

Quando comecei a gritar e como Kitty e Augus me levaram para o hospital, não me lembro. Disseram que eu estava tentando a todo custo tirar a máscara da bicha antes que ele nos retirasse de cena.

"Então esse é o Rockefeller Center?", Brook tocou minha mão, me trazendo de volta. Martin virou na Rockefeller Plaza, estacionou atrás de outra limusine idêntica, desligou o motor e saiu. Senti que perdi algo no trajeto.

"Kitty falou que não tem nada mais emocionante do que sentar nessa rua para observar as manadas de pessoas passando enquanto comemos cachorro-quente Sabrett e bebemos todo Yoo-hoo que quisermos", Brook explicou enquanto Martin retornava com o almoço.

"Kitty-Kat sugeriu que eu dormisse no sofá-cama essa noite", sussurrei para Brook. Eu o estava ajudando a passar da cadeira para a cama de Kitty. "Ele jura que ficou com dor nas costas por dormir naquela coisa."

"Vou te dizer uma coisa. Eu vou dormir no sofá. Solta meus pés e vem segurar meus ombros. Quero ficar na minha cadeira." Antes que ele terminasse de falar, empurrei seus pés para a frente e ele foi lançado na cama. Fui para a frente, me jogando sobre ele, segurando-o até que os espasmos diminuíssem. Eu amava sentir as vibrações dos espasmos. Fingia serem tremores de paixão. Assim que cheguei em seu pescoço, ele começou a jogar a cabeça de um lado para o outro. Essa era sua maneira de se desvencilhar de mim.

"Gosto muito da hospitalidade de Kitty. Ele é um bom sujeito. E não é o primeiro do tipo que eu conheço. Os hospitais têm muitos enfermeiros gays. Vários dos meus ajudantes são."

"Mas nenhum dos seus amigos."

"Não que eu saiba. Não sou nenhum babaca, Lewis. Não me importo com as preferências sexuais de uma pessoa. Eu tô simplesmente exausto com o drama que vocês dois criam. Juntos, vocês não são pessoas. São atores. Sempre no palco. Não quero estar no palco. Sou muito reservado. Gosto da obscuridade."

Brook jurava que sem sua cadeira ele era só um tipo acadêmico comum. Eu estava desprendendo seus suspensórios vermelhos quando ele chegou ao ponto.

"Augus fez uma reserva para nós no Hotel Algonquin para o resto da nossa estadia. Ele disse que um homem de letras como eu pertence àquele lugar."

"Gussy tá pagando também?" Eu tinha notado a gorjeta de trinta por cento que ele deixou na Coach House mais cedo naquela noite. "Ele é tão generoso com o nosso dinheiro."

"Nós não estamos pagando. Eu estou." O fluxo de seu discurso foi interrompido por sua micção. "Quero que você descanse um pouco. Kitty concorda. Ele vai levar você e nossas malas pra lá amanhã, enquanto eu encontro Hillary no University Club para almoçar."

Despi-o lentamente, ressentida com todos eles por ousarem tomar decisões sem mim. Eu estava exausta. Brook conseguiu conhecer mais coisas em uma semana de Nova York do que eu tinha visto em um ano. Enquanto esvaziava seu urinol de borracha no vaso sanitário, ele gritou por mim. Antes que dissesse meu nome duas vezes, eu já estava de volta ao quarto. Lembrei da vez em que sua cadeira tombou quando ele se abaixou para tentar pegar um livro no chão. E da vez em que ele quase se engasgou com um chocolate. Lá estava ele, deitado na cama de Kitty, vestindo apenas uma camiseta verde e um par de meias xadrez, rindo e olhando para baixo entre as pernas. E lá estava aquilo, em pé. Tinha me esquecido que se parecia com o que todo mundo queria.

"Faz isso desaparecer", ele sugeriu.

"Como?", perguntei.

"Senta nele! Rápido, Lewis! Isso é um milagre. Com calma, Lewis", ele implorou enquanto eu puxava minha camisola e deslizava meu corpo para baixo pouco a pouco. "É isso", ele continuou dizendo enquanto eu fazia o que era preciso. "Qual é a sensação pra você? Fala! Parece morto?"

"Parece meu." Dito isso, recuei, colocando meus tornozelos sobre seus ombros. "Deixe ele ver!", a voz de Sestra gritava dentro de mim. A música "Feel Like Making Love" passou pela minha cabeça. "*Feel like making love*?", perguntei, olhando para as estrelas que dançavam em seu teto.

"*Feel like making love*", ele suspirou.

"Da próxima vez que Brook te vir", K-K disse sem fôlego, "quero que você pareça bem radiante. Tome um banho quente de espuma e vista isso." Ele abriu o zíper da minha mochila e sacou um vestido de seda preta.

"Você comprou isso pra mim, Kitty?"

"Não, na ver-da-de, eu comprei pra mim. Eu ia dar um rolê de travesti. Mas quando chegou a hora de raspar o bigode, não consegui."

Eu desmoronei e comecei a chorar.

"Realce esses olhos azuis com maquiagem extra hoje à noite", recomendou, enxugando minhas lágrimas. "Quando a gente voltar pra cá, te chamo pra descer. Tira uns quinze minutinhos pra descansar. Aí vai encontrar a gente no Rose Room. Pede uma garrafa de champanhe pra suíte, uma das caras, docin'."

"Você parece cansado, K-K", disse, beijando as pálpebras daquele homem lindo. "Brook tá se movimentando com a nossa energia."

"Posso parecer cansado. Sou um homem", ele sussurrou. "O cansaço faz um homem parecer trabalhador, sério diante da vida. Dá personalidade a ele e ao seu rosto. Já uma mulher fica parecendo um pão velho mofado em vez de um biscoito fresco."

"Tá vendo aquele pessoal ali?", sussurrei enquanto o garçom de smoking empurrava a cadeira de Brook até a mesa com habilidade.

"Lewis, por que você precisa falar tão alto? Seja lá quem for, certamente não é surdo como você pensa que eu sou", ele disse, abrindo o menu.

"Bem-vindo ao Oyster Bar, senhor. Coquetéis antes do jantar?"

"Podemos ver a carta de vinhos?", Brook perguntou com educação.

"Claro, senhor!"

"Gostaria de uma vodca pura primeiro. Os bartenders daqui fazem os melhores martínis de Nova York", comentei, ainda sussurrando.

"Tudo o que preciso esta noite é que Kitty chegue e encontre você bêbada. Ele vai começar a beber também. Antes das dez horas ele vai virar um punk e você vai estar com os olhos vermelhos, desbocada e bêbada. Por favor, Lewis, tenta fazer as coisas do meu jeito hoje à noite."

"Tá bem! Só porque você é tão bonito e..."

"Porque eu estou certíssimo. Você sabe disso. Quero você sóbria. Kitty eu não posso impedir. Ele não é meu amigo, como você. Ele é seu amigo."

"Falando no Diabo, lá vem ele", eu disse quando Kitty entrou na sala. Ele chegou como se fosse esperado por todos. Kitty estava lindo, com um terno bege, camisa marrom-escura e gravata de seda branca. A pele brilhava com as luzes.

"Por que ele está indo falar com aquelas pessoas?", Brook perguntou sussurrando.

"Porque as conhece. São as pessoas de quem eu estava tentando falar antes", respondi, pegando meu guardanapo e colocando no meu colo. Os guardanapos do Plaza eram tão bem engomados que pareciam papel. "Lembra que eu te contei dos meus vizinhos? Os ricos malucos que te contei? São eles. O casal que tá junto é dono daquela fazenda de swing em Nova Jersey."

"Por que vocês não se cumprimentaram?", ele perguntou baixinho, enquanto aceitava a carta de vinhos do garçom. Que homem estiloso, pensei enquanto observava Brook ler o menu.

Kitty estava se movendo devagar pela mesa, distribuindo beijos, bochechas para as mulheres, lábios para os homens. Ele adorava provocar pervertidos em público.

"O gato gordo observa a esposa brincar no feno com outras mulheres. Fica ali se masturbando na frente de alguns amigos selecionados enquanto fica assistindo. Vi ele gozando tão forte uma vez, que parecia que tinha ligado uma mangueira de incêndio. Tô faminta. E Kitty vai continuar brincando com esses idiotas por um tempo ainda."

Percebendo que o garçom estava anotando nossos pedidos, Kitty se aproximou. "Você é ainda mais cheiroso do que parece, cara", disse Brook. Os homens sempre gostavam de lembrar a Kitty que era um homem.

"Tô usando Tabu", ele respondeu, se curvando e recebendo um beijo de Brook antes que Brook se abaixasse.

"Como vai, querii-daa?", me cumprimentou, se aproximando.

"Eu estava bem até você começar a biscatear ali. Por que você foi lá? Se pudesse, teria discretamente mudado pra Oak Room, juro que tinha. Não gosto de ficar na mesma cidade que essa gente. Você sabe disso."

"Ah, querii-daa, acho eles fofos. Só porque Lewis ficou entediada na fazenda e fez uma de suas grandes cenas de bebedeira, Brookie", ele disse, lançando a Brook muitos olhares, "ela quer que Kitty desista da fazenda também. Só que nunca, baby, é tudo de graça, a comida é ótima, a música é de outro mundo e os convidados são fabulosos. Nada é proibido, só os maus modos. Por isso que Lewis é proibida", disse, sorrindo naquele estilo angelical enquanto estendia com delicadeza o guardanapo. "Você pediu meu martíni, Anjinho?", ele perguntou, olhando para Brook.

"Não, mas vou. Senhor, por favor!", Brook chamou o garçom que passava. "Um martíni de Stolichnaya pura com um toque de limão para o meu convidado. Gelo à parte. Vamos beber vinho com o jantar", disse, olhando para mim. "Lewis acha que todos se sentem ameaçados com a promessa dela de expor os segredos de todo mundo", Brook disse, indicando ao garçom que os crepes de entrada deveriam ser colocados do meu lado. Ele acenou com a cabeça para mim, indicando que estava tudo bem se eu cortasse a entrada para ele.

"Ah, meu querido, eles têm medo, sim, da exposição da nossa garotinha. Olha, aqueles casais adoráveis são pervertidos enrustidos. Quem os vê na igreja nunca imaginaria as coisas que fazem naquela fazenda."

"Acho que eles são uns hipócritas. Vivem uma mentira", eu disse, colocando um pedaço de crepe na boca.

"Mas, querida, eles vivem muito bem. Sabem quem são. Não precisam ficar anunciando as coisas do jeito que alguns de nós fazemos", Brook disse, fazendo uma careta para mim.

"Eu simplesmente não consegui me interessar por eles. Kitty se deu bem."

"Mais do que bem", K-K acrescentou. "Minha moça aqui quer relacionamento", disse, e olhou para os outros casais. "E a gente só quer diversão."

"O que você vai querer jantar, Kitty?", Brook perguntou, acenando para o garçom.

"Um martíni triplo com gelo, uma azeitona e um sorriso da nossa garota", respondeu, estendendo a mão sobre a mesa para tocar meu rosto.

"TOQUEI NO COTOVELO DELE pra indicar que planejava me defender da sua pegada. Estávamos numa situação perigosa naquele momento", ele disse, olhando fixamente com os olhos voltados para vinte anos atrás. "Agora isso é proibido na luta livre. Ele me jogou por cima de sua cabeça", disse Brook. "E não soltou meu pescoço enquanto me jogava." Seus olhos estavam me levando para o passado. "Ouvi meu pescoço estalar", disse, fazendo uma careta. "Tinha muitas luzes brilhando e gritaria. Eu estava me debatendo como uma galinha naquele chão, eu acho. Os gritos eram da minha mãe", contou, se concentrando novamente em mim. Esperei seis meses para que Brook me contasse como seu pescoço tinha quebrado. Estávamos sentados no jardim de esculturas do Museu de Arte Moderna quando, enfim, perguntei sobre aquela noite.

"Minha mãe tinha parado na minha faculdade para me buscar para as férias de Natal. Íamos para a casa de um amigo em Martha's Vineyard. Meu pai viria de Nashville para se encontrar com a gente." Pupilas dilatadas refletiam os gritos da mãe dele, enquanto ela corria de seu assento para o chão. Conhecendo Brook como eu o conhecia até então, pensei que ele provavelmente insultou o valentão loiro de alguma forma. Sestra me disse que achava que Brook era um filho da puta desgraçado antes do acidente. Ela disse que ele tinha contado a ela que seu pai o enviara para o leste para estudar porque achava que ele acabaria na prisão se não o tirasse de Nashville. Brook também contou que, na escola, mantinha uma baioneta debaixo da cama, só para o caso de os outros garotos serem rudes com ele.

"Num dado momento, meu oponente pulou em cima de mim, me prendeu. Foi o treinador, me contaram, que o tirou dali. Quando acordei, estava no hospital, amarrado da cabeça aos tornozelos. Minha mãe estava em pé, na minha frente, chorando. Tudo o que eu conseguia mexer eram os globos oculares. Ela me disse que eu tinha comprimido um nervo. Era isso que estava dizendo a si mesma."

Ele piscou, como se voltasse para o jardim ao perceber algo, e sorriu.

"O que foi?", perguntei.

"Estava pensando na noite anterior à 'noite fatídica', como mamãe costumava chamar. Eu tinha um encontro com uma garota linda da escola feminina que ficava na mesma rua. Oasis, meu primeiro amor. Eu também fui o primeiro dela. Entramos na casa da fazenda fechada com tábuas, nos abraçamos e nos mimamos o máximo que pudemos", continuou contando, sorrindo para mim. "Ainda me lembro de como era dentro dela. Eu não queria sair. Ela cheirava a melão maduro e morangos frescos." Surpreso com sua confissão, ele olhou para o jardim do museu enquanto um leve espasmo passava por seu corpo. "Eu casei com ela cinco anos depois!", contou se virando para mim. "Ela me deixou um bilhete um dia quando eu estava no último ano da Vanderbilt. Você vai gostar dessa parte, Lewis, você é tão romântica. O bilhete dizia que ela se importava de verdade, mas que precisava se amar por um tempo, que precisava descansar. Ela disse que eu era o Drácula."

Me esforcei para não soltar um grito alto ao ouvir isso.

"Nunca mais a vi. Ela me enviou uma foto da Suécia, dela e dos três filhos loiros dez anos depois. O bilhete no verso da foto dizia apenas: 'Me perdoa'."

"Ei, Drácula", eu disse alto o bastante para assustá-lo e tirá-lo daquele devaneio. "O *Guernica* do Pablo Picasso tá em algum lugar aqui. Quer me explicar o *Guernica*?"

"Com certeza", ele respondeu, forçando as lágrimas a voltarem para dentro.

NA QUARTA E ÚLTIMA MANHÃ que passamos em seu apartamento, Kitty entrou de brincadeira no quarto de hóspedes. Eu tinha acabado de ajudar Brook a se virar. Quando estava quase me virando para poder encostar meu rosto no pescoço maravilhoso de Brook, Kitty saltou do chão de onde vinha rastejando desde a porta.

"Mulher!", gritou enquanto pulava em cima de mim na cama. "Eu quero! Ouvi falar muito sobre isso", disse, imitando Orson Welles. Então, Kitty começou a tentar puxar as cobertas. Eu segurei firme.

"O que tá acontecendo, K-K?", Brook perguntou com suavidade. Tenho certeza de que ele também estava segurando as cobertas nesse momento.

"Cara, ouvi dizer que essa safada aqui tem algumas das melhores coisas da cidade. E eu quero algumas", ele respondeu, piscando para mim, esfregando o nariz no meu. "Vamos pegá-la mesmo contra sua vontade", sugeriu.

"Eu sempre fui pega assim, sua besta", soltei, dando um beijo nele. Brook estava tentando olhar por cima do ombro para ver o que fazíamos. Kitty estava se esfregando em cima de mim. Eu estava tendo um ataque de riso.

"O que você vai ganhar, Kurt, é urina quente em cima da gente e da sua cama chique. Você e Lewis querem brincar", ele disse, tentando esconder a irritação, "então me ajude a levantar, por favor. Ou saiam da cama e vão para outro lugar. Vocês parecem duas crianças o tempo todo. Existem mais coisas na vida do que brincar", completou, começando a urinar ruidosamente e com visível desconforto.

"Tipo o quê, posso perguntar?", Kitty retrucou na voz de Eartha Kitt. "Tipo o quê? Disciplina? Dívidas? Desgraça? Desilusão? Desonestidade? Dor?"

Antes que Brook respondesse, K-K pulou de cima de mim com agilidade, dançou na ponta dos pés ao redor da cama, arrancou as cobertas de Brook, agarrou o urinol quente e, olhando para o objeto, perguntou, com sua própria voz: "Tipo isso?", e jogou as cobertas de volta num Brook envergonhado. K-K jogou sua linda cabeça para trás, se virou e começou a sair como uma porta-bandeira faria. Na porta, com a voz de Lena Horne, ele continuou: "Cara, eu só vim aqui pra pegar a lata, pra esvaziar. Da próxima vez que me sentar na privada e fazer xixi, não vou pensar nisso", disse, apontando para os genitais de Brook. E saiu, batendo a porta.

O colega dos tempos de escola de Brook, Hillary, era conservador, desde os sapatos de bico fino até a camisa azul de tecido oxford. E falava sete línguas! Nós três estávamos sentados em volta de uma daquelas mesinhas com campainha, bebendo vinho branco, conversando com eloquência sobre tópicos elegantes. Hillary estava comparando a voz de Grace Bumbry com a de Leontyne quando Kitty apareceu. Ele usava um terno branco de inverno e estava todo encharcado. Pelo jeito que veio em nossa direção, eu soube na hora que estava bêbado. Brook foi o único que não o viu ou era certo que teria se esquivado do beijo que K-K lascou em sua bochecha.

"O que você tá fazendo, K-K? Brincando de esconde-esconde?"

"Não", K-K respondeu bêbado, "mas eu gostaria muito de brincar com seu amigo ali." E aí só ficou lá, trançando as pernas, esperando.

"Prazer, Hillary Helms", disse Hillary, estendendo a mão com unhas bem-feitas para Kitty. "Como você tá, cara?"

"Só um pouco úmido, cara", Kitty respondeu. "Pede uma bebida pra mim, querido?", ele disse a Brook. "Vou buscar uma cadeira."

"Quer outra bebida, Lewis?", Brook me perguntou.

"Um bourbon triplo e água mineral, querido", respondi.

Antes que desse um sorriso, Hillary tocou a campainha da nossa mesa com delicadeza.

"Não é pitoresco?", Kitty comentou enquanto forçava sua cadeira entre Brook e Hillary. "Eu até pensei que estivesse tão bêbado que comecei a ouvir coisas. Simplesmente amo tudo isso", disse, apontando para o salão. "Nunca imaginei que estaria sentado aqui tocando essa campainha. Todo mundo aqui deve estar se perguntando quem somos, aposto. E, caso você esteja se perguntando, peguei a maior chuva enquanto passeava pela Broadway. Conheci um brasileiro lindo. A gente vai se ver mais tarde no Harrah's. Vocês querem vir?"

"Infelizmente, não posso", disse Hillary, tocando a campainha com impaciência.

"Tenta bater palmas, cara. Talvez o coitado do garçom já nem ouça mais isso. Pede um bourbon triplo e água mineral, cara."

"Dois bourbons triplos e água mineral", Hillary disse quando nosso garçom apareceu. "E mais duas taças de Riesling Mosel."

Todos pareciam Kitty para mim enquanto passavam me olhando em minha baia. Kitty continuou dizendo: "Você foi uma menina má, queridinha. Não se comportou de novo, docin'. A gente estava se divertindo muito até então. Anjinha, você não foi uma da-ma. Se soltou pra valer dessa vez. Ah, meu amor, eu só estava tentando fazer você se calar. Brook tentou no estilo eloquente dele. Aquele homem é mesmo perfeito. Você, minha querida, foi uma bruta. Não largava a cadeira dele pro Hillary levar o cara pra jantar no University Club. Gritou pro Brook, em alto e bom som, no meio do saguão do Algonquin. 'Puto', você disse. 'Puto, você não vai me deixar esta noite. Vai ficar aqui comigo!' Querii-daa, aquela gente elegante até que tentou não olhar. Continuaram falando uns com os outros, aumentaram as vozes, tentando não te ver segurando aquele pobre coitado indefeso. O Brook parece indefeso pros estranhos, você sabe disso. Então, quando não conseguiu que Brook ficasse com você, veio pra cima da gente. Eu, sua Kitty-Kat amorosa, me tornei 'seu filho da puta punk sacana'. Aí você cuspiu em Hillary. Foi quando eu te agarrei e te tirei daquele lugar e te botei num táxi. Acho que ele ia brigar com você como se você fosse mesmo o homem que estava parecendo ser, do jeito que falava e se comportava."

"Por quê, Kitty?", perguntei a um dos que pareciam Kitty. "Por quê?"

"Você não parava de reclamar que está cansada de dividir. Então eu te trouxe pro meu apartamento. Antes de atravessar a porta, você vomitou e desmaiou no chão.

"Docin', eu tentei falar com Brook pra não te deixar aqui. Ele disse que não aguentava mais. Hillary encontrou seu Valium no armário do banheiro enquanto arrumava Brook. E aí o Brook disse que estava quase se acostumando com álcool e cigarros, mas que não conseguia tomar os comprimidos também.

“Bonequinha, pessoas como ele preferem personagens como a gente nos livros ou nos palcos. Saímos do nosso rumo, carinha de anjo. Aqui é Costa Leste, Ivy League, sangue azul.”

“Onde que eu tô, Kitty?”, perguntei, reconhecendo-o.

“Você tá num hospital. Deixei você sozinha no apartamento pra voltar pro hotel e ver como o Brook estava. Acho que você acordou e pensou que eu também tinha te abandonado. Minha querida, você tentou se enforcar com as minhas luzinhas. Felizmente, você está pesadinha. Derrubou as luzinhas do teto. Liguei pro Woody. Ele me disse pra chamar uma ambulância e te trazer aqui. A única coisa errada com você agora é a dor no pescoço e a ressaca de matar.” Ele riu do seu pequeno trocadilho.

“Brook sabe que tô aqui?”, perguntei.

“Ele sabe. E disse que vai te ligar. Deixa que ele vai ligar. Que cavalheiro, né, querida?”

BROOK NÃO TOMAVA BANHO fazia quatro anos quando o conheci. Ele só tinha sido "esponjado" na cama. Consegui mudar um pouco dessa situação para ele. Com o tempo, acrescentei bolhas perfumadas cor-de-rosa, uma escovinha de unha rosa e uma bucha de tecido japonês também rosa. Sonhei com o dia em que poderia banhá-lo no Atlântico logo depois que ele mijasse na areia branca. Ele disse que chegaria a um acordo comigo e marcaria um horário para tomar banho na reabilitação.

De modo geral, ele assistia aos noticiários enquanto eu o esfregava todo, menos seus dentes. Às vezes, eu quase babava enquanto lavava cada um de seus dedos nodosos, lembrando das noites. Quando chegava "lá embaixo", ele fingia que não notava. Caso olhasse, saberia na hora que eu era mesmo uma pervertida, pois em alguns dias tinha dificuldade em largar "delas". Eram tão perfeitamente redondinhas, aninhadas em seu ninho de pelo grosso, preto e encaracolado. Gordinhas.

"Tô muito cansado", Brook disse enquanto eu me abaixava e o abraçava. "Tô com uma dor de cabeça horrível." Não conseguia largar sua cabeça. Queria conseguir. "Por favor, Lewis. Para!" Não disse nada, apenas comecei a lamber sua face, a mordiscar seu rosto e pescoço. Lágrimas pingavam enquanto eu segurava sua cabeça.

"Dois meses, Brook, eu esperei dois meses", murmurei. Como eu queria satisfazer meu desejo de jogar para longe aquele monte de cobertores que o protegiam de mim, pegar aquele urinol horroroso de borracha amarela e fazê-lo sumir. Queria tocá-lo. Decidi tocá-lo. Chega de ficar ali deitado me provocando. Não, senhor! Lavar "lá embaixo", como ele chamava, tinha se tornado agonizante para mim. Segurar, amaciar para ficar limpo e trancar naquela cadeia, o urinol. "Oasis costumava derreter em mim." Ele a descreveu derretendo nele. Eu a vi derretendo nele. Tommie derretendo nele enquanto eu o segurava. "Lewis, pare com isso!", ele ordenou. "Você tá me envergonhando. E se envergonhando. Não tá vendo que não quero?" Ele parecia tão distante. Tentei entrar em sua boca. Ele apertou as mandíbulas. Beijei suas pálpebras. Ele abriu os olhos o máximo que pôde para escondê-las de mim. Mesmo assim, joguei as cobertas para o lado e subi em cima dele, colocando meu monte bem em cima daquela engenhoca. Então comecei a tentar derreter ela, moendo ritmicamente, tentando derreter aquela borracha. Algo, talvez pena, talvez medo, o forçou a se submeter a mim. Ele relaxou e começou a responder. Enterrei meus mamilos nele enquanto balançava. Ele começou a ajudar.

"Tô aqui. Continua. Deixa sair. Desculpa. O que eu fiz com você?", ele perguntou num sussurro rouco. Beijei seu nariz. Ele me deu sua boca para ser beijada.

Por um longo tempo fiquei deitada do lado esquerdo dele, com os olhos fechados, tentando não respirar. Eu estava miseravelmente envergonhada pelo meu ato.

"Você tem que se recompor. A Tommie tá aqui... datilografando... você sabe, é sexta-feira."

Consegui não olhar para ele enquanto me arrumava. Me sentia pesada, velha, saindo do quarto dele.

“Você pode vir me ajudar a levantar de manhã, Lewis?”, ele perguntou em um sussurro.

“Pode apostar!”, respondi bem alto, me sentando e soluçando baixinho.

"BRUXA EGOCÊNTRICA, você acha que é a primeira mulher que fez algo por mim? Que me amou? Que me quis? Como você acha que eu sobrevivi antes de te conhecer? Tive inúmeros voluntários ao longo de vinte anos, de ambos os sexos, de todas as raças, de pelo menos cinquenta nacionalidades diferentes. Acha que não sei que a maioria de vocês prefere me ajudar a viver suas vidas frustrantes? Ao contrário da maioria dos homens, não consigo chutar uma bunda. Não consigo sair de um cômodo quando tô pronto. É raro eu conseguir selecionar quem quero que me toque. Um bando de vocês passou por este mesmo apartamento. 'Nosso pequeno santuário'", ele arremedou. "Você ama a sensação de poder que isso te dá. Você ama ser feita pra se doar, ponto-final. Eu te inspiro a trabalhar pesado. Velhinhas me davam tapinhas nas costas e diziam que grande inspiração eu era para elas. Adoravam agarrar minha cabeça e segurá-la entre seus seios também. Assim como você. Cai fora daqui, Lewis! Você diz que eu te faço se sentir como uma serva. Não tenho esse poder. Você diz que eu abuso de você. Tô de saco cheio dessa frase. Eu também sou abusado por mulheres que exigem entretenimento, que não querem ir pra casa e me deixar em paz. Tô cansado de tentar descobrir quem está menstruada só pra poder tomar banho sem aborrecimentos. Mas você é a pior de todas", ele declarou, fixando os olhos nos meus. "Pelo menos as outras que inspirei, abusei e manipulei não deixam minha casa empesteada de bebida, cigarros e linguagem chula. Uma hora ou outra elas param de falar. E não exigem que eu saiba tudo sobre elas. Você acha que tudo sobre você é importante pra todas as outras pessoas — especialmente pra mim. Você não presta, Lewis. Não mesmo. Você é alcoviteira de Woody. Disseca Gus como se ele fosse um peixe. Histórias de príncipes são usadas pra entreter todo mundo. A única pessoa que você parece respeitar é Kitty. E isso porque vocês são quase iguais — putas arrogantes. Tô cansado de tentar pagar o preço do nosso relacionamento. Não vale a pena. Presentes, experiências, diversão, cuidado, pega tudo e desaparece. Volta pra baixo daquela pedra de onde você deve ter saído rastejando. Seu preço é muito alto!", ele gritou, baixando os olhos, chorando. "Seu preço é muito alto", repetiu sussurrando, exausto. Fui até o banheiro, me inclinei sobre o vaso sanitário, tive náusea e vomitei até a dor passar.

"Lewis", ele chamou do lado de fora da porta. "Lewis, me desculpa. Sai daí. Vai, deixa eu esfregar suas costas. Sei que você também tá cansada. Quer um pouco de licor de damasco e sorvete de baunilha? Uma massagem nas costas? Lewis, é você quem sempre defende a liberdade de expressão. Sai daí", ele implorou.

Ao me levantar do chão frio de ladrilhos, senti como se pesasse quinhentos quilos. Parei no espelho, dei uma espiada e só consegui ver uma palhaça velha. Por alguma razão, me lembrei do que os outros diziam que eu deveria ter em mente. "Imagine não conseguir sair da cama sozinha, querida. É pra deixar qualquer um 'pê' da vida", disse Woody.

“Lewis, eu vi o cara levantar os punhos quando me viu entrar nesta sala. Ele pensou que preferia ler sobre pessoas como eu do que nos conhecer. Ele é um lutador. Eu curti o jeito que ele jogou a mesa pro lado enquanto a gente conversava. Ele não queria que o Prince o visse sem apoio.”

“Ele é um intelectual, um cavalheiro. Tenho certeza de que você vai tentar diminuí-lo”, Augus disse.

“Eu te amo, Lewis, por amá-lo tanto. E ele é bonito, charmoso e espirituoso, querida. Mas, meu bem, o rapaz é só um puta cérebro, nada mais”, Kitty disse.

“Desculpa também”, eu disse, abrindo a porta devagar. “Vou aceitar sua sugestão. Tô cansada.”

"NÃO SOU UM TERRITÓRIO pra ser possuído por invasores como você." Eu o ouvi com mais clareza do que o despertador naquela manhã. Me ouvi também, logo depois que ele terminou. "Você não gosta de como eu conduzo meu trem, Lewis? Então desça. Agora!" O suspiro que se seguiu ainda era agudo o bastante para quebrar um vaso de cristal. Me ouvi retrucando. "Seu filho da puta aleijado. Queria que aquele cara tivesse torcido seu pescoço!" Eu tremia, lembrando de olhar para as manchas de café no teto da cozinha dele, as que sobraram da vez em que ele jogou café quente na esposa. Automaticamente desliguei a água quente e a coloquei na pia, em um lugar que ele não conseguia alcançar. Ele se sentou, puxando os dedos, desejando poder se levantar e me esmagar.

"Eu sou louca *sim*. Por que mais eu estaria aqui com você? Você tá certo! Você não é um território, não. É um sanguessuga."

UM DIA, ENQUANTO O LEVAVA para a aula de direção no instituto de reabilitação, Brook me ensinou sobre hospitais. "No começo, depois da minha lesão, eu queria morrer. Lá estava eu, com meu um metro e noventa e cinco de altura, amarrado até a cabeça numa cama de hospital. Não mexia nada além dos olhos, cara. Minha mãe estava parada ao pé da cama, chorando baixinho. O rosto dela estava magro. Pela primeira vez, ela me pareceu velha. Minha lesão a deixou enfraquecida, física e emocionalmente, talvez a tenha matado", contou, sem pensar. "Naquele momento decidi que nunca a deixaria saber que me sentia todo esticado, amarrado e atado daquele jeito. Seu filho."

"Qual foi a primeira coisa que você falou pra ela?" Mantive os olhos focados na avenida Mack e no trânsito ao perceber que Brook estava chorando enquanto se lembrava. Ele era o único homem que eu nunca quis fazer chorar.

"Nada. Tudo o que eu conseguia fazer era revirar os olhos. Então fiquei revirando os olhos até que ela percebeu que eu estava brincando e começou a rir. Meu pai foi o primeiro com quem falei. Acho que consegui soltar um 'papai'. Depois que voltei pra casa me levaram pra reabilitação, assim como você está fazendo. Minha mãe sempre ficava muito deprimida nas manhãs em que tínhamos que vir pra cá, até que consegui dissipar seus medos. Isso te deprime?", ele perguntou enquanto eu parava na porta.

"Não", menti, esperando reunir energia para remontar a cadeira e tirá-lo do carro pela segunda vez em dez minutos.

"Por dentro dessas paredes tem muita risada. E romance. A vida ali não é tão bizarra quanto parece. É como uma cidade pequena", ele disse quando saí. "Têm lágrimas, confusão. Muita risada." Ele tinha um jeito de sentar enquanto esperava que eu montasse a cadeira que me lembrava um general passando em revista suas tropas.

"Tive dois casos amorosos no ano que fiquei internado", disse enquanto eu abria a porta do carro. "Eu não teria sobrevivido sem..." Ele estava procurando a palavra.

"Atenção especial?", contribuí, colocando a prancha debaixo de sua bunda.

"É, isso. Isso mesmo. Uma era médica, japonesa. Tinha olhos castanhos suaves, quase um metro e meio de altura. A outra era uma voluntária francesa que vinha toda quarta-feira." Agarrei-o pelo cinto grosso de couro preto para ajudá-lo a deslizar pela prancha até a cadeira. Automaticamente ele apoiou a mão direita no teto do carro. Quando começou a sincronizar nossos movimentos contando um, dois, três, questionei Deus mais uma vez em silêncio, sobre a decisão que tomara para Brook. Se eu não tivesse medo Dele, eu O teria amaldiçoado enquanto repetia mentalmente a sentença vitalícia de Brook: "Deixe-o anestesiado dos ombros para baixo. Agora! Para sempre".

"Consegue imaginar como é ter outra pessoa realizando as funções básicas da vida pra você?" Eu estava ajeitando as pernas de suas calças.

"Não se não me pagassem."

“Aquelas duas mulheres me ajudaram a entender que masculinidade é mais do que transar ou ser pai. Obrigado”, disse enquanto eu colocava a prancha nos braços da cadeira. Ele sempre dizia “obrigado”. “Elas compartilhavam as experiências.”

“Só as experiências?”, perguntei brincando, indo em direção à porta central.

“Às vezes, o almoço”, ele acrescentou com uma risada.

CERTA NOITE, BROOK INSISTIU EM ESPERAR por Tommie do lado de fora do trabalho temporário de Natal dela numa loja de departamentos. Nunca vou esquecer como a voz dele tremeu de excitação quando a viu saindo da porta giratória.

"Sr. Fields!", ela exclamou com uma voz surpresa quando nos viu.

"Oi, Tommie. Estávamos aqui fazendo compras. Lewis achou que você gostaria de jantar com a gente. A sra. Richards fez frango com pasta de amendoim."

Eu estava imaginando quanto dinheiro ele conseguiria se sentasse do lado de fora desta mesma loja, batendo um porta-lápis de lata na sua prancheta. Quanto valeria o show?

"Não posso", ela respondeu, franzindo o nariz enquanto falava daquele jeito que eu odiava. Ele parecia querer lamber as sardas do nariz dela. "Vamos patinar", ela explicou. "Ali está meu par", disse apontando para um rapaz que esperava com paciência num Jaguar cinza-metálico. "Te vejo depois do trabalho na sexta-feira", ela concluiu, trotando em direção ao carro.

CHAPADA DE VALIUM E ÁLCOOL, me deitei na cama de Woody e imaginei todo tipo de coisa. Que Woody me queria lá. Que não conseguiria sair da cama sem sua ajuda. Ele tinha lavado meus pés na noite anterior, pois a mim parecia que estavam cobertos de lama. Imaginei Brook e Tommie fazendo amor. Falando sobre mim.

"Tommie, querida, por favor, acaba logo com isso", ele dizia, colocando o telefone no gancho. Tommie estaria se esfregando entre as pernas dele, olhando o seu lindo garotão todo aninhado entre as coxas. "Não quero você aqui quando ela chegar. Ela está fora de si, sabia? Ela disse que tá vindo agora."

"Ela tem a chave?", Tommie perguntaria, secando-o.

"Claro que não. Você é minha única amiga que tem uma chave."

"E ela consegue passar pela porta de aço?"

"É possível que consiga. Rápido, tá?" Eu podia ouvir a excitação em sua voz.

"Quem te disse que ela tá fora de si?", ela perguntaria, passando talco nele.

"Ela mesma!"

Ele a observaria prender a sonda na panturrilha direita. Eu a vi deslizando nele uma calça jeans engomada. As pernas de um metro e oitenta dele, com os pés descalços, se esparramavam, amolecidas, pelo formato de forquilha que ela mesma fazia com suas coxas curtas. Eu quis dar um tapa nela quando ouvi seu comentário tímido naquela vozinha de elfo enquanto fechava o zíper da braguilha dele: "Dr. Fields, o senhor tá sempre falando o quanto é importante o equilíbrio na sua vida. Por que seleciona mulheres desequilibradas como amigas?". Percebi o silêncio dele, vi que ele ficava vermelho. Numa tosse nervosa enquanto ela prendia seus suspensórios, eu tinha certeza de que ele repetiria: "Por favor, se apresse, querida. Ela vai chegar logo".

E eu sabia que ela diria "Eu vou ficar", enquanto o erguia dos travesseiros pelos pulsos.

"ELA TÁ MUITO BRAVA", ele disse a Tommie antes que ela colocasse o telefone no gancho.

"Ele acabou de dizer praquela vadiazinha que eu tô muito brava", retransmiti para Woody. Ele estava quieto, deitado ao meu lado de olhos fechados. Eu sabia que estava acordado porque segurava uma garrafa de cerveja Moosehead em cima da barriga. Me aninhando nele como um filhotinho recém-nascido faz com sua mãe, continuei: "Eu tô louca, Woody? Não sei mais dizer. Sou a mesma de sempre".

"Você não é louca. Você é ousada. A maioria das pessoas não consegue sequer imaginar a vida do jeito que você vive."

"Eu sou louca por amar o Brook?", perguntei, pegando o frasco azul de Valium escondido debaixo do meu travesseiro.

"Você é maravilhosa por amar o Brook", ele respondeu, colocando a Moosehead no chão. "Descansa, querida", instruiu, me observando engolir três pílulas.

TUDO O QUE A MÃE DELA PERGUNTOU, depois que exigi que ela mantivesse Tommie longe de Brook porque eu pretendia me casar com ele, foi:

"Como que ele faz aquilo? Com a boca?"

"Com a mente!", respondi desligando na cara dela.

"Eu não fiz isso", menti calmamente ao telefone.

"Elas disseram que você fez", ele retrucou. Fiquei imaginando ele sentado muito ereto na cadeira, olhando para o gancho do telefone e desejando que fosse minha cabeça para que pudesse esmagá-la com suas mandíbulas. "Tô cansado desse seu comportamento absurdo. Eu quero ver você ligar e contar essas mentiras para a mãe dela. A Tommie não tá no meu caminho. Na verdade, ela fez muito mais por mim do que eu precisava e muito mais do que você jamais faria. Você não pretende se casar comigo, como disse a ela; o que você pretende é me matar. Como poderia cuidar de mim se não consegue ficar sóbria o suficiente pra cuidar de você mesma? Que nervos medonhos você tem. Você é uma bruxa."

Olhei ao redor do meu quarto azul-gelo em busca de algo para segurar. Naquele exato momento Woody estava passando para me dar um beijo de despedida.

"Você colocou nessa sua cabeça à prova de balas que é minha mulher. Você não é! Preciso de toda a ajuda que puder conseguir. Achei que você tivesse entendido isso."

"Brook?", Woody perguntou com um sorriso infantil.

Balancei a cabeça afirmativamente.

"Fala pra ele que ele tá vivendo a vida que eu gostaria. Com minha mulher favorita aos prantos por ele, implorando por um abraço."

Com gentileza, Woody acariciou meu rosto inchado com a ponta dos dedos e me abraçou. Acho que Brook ouviu Woody porque foi quando bateu o gancho, desligando.

DESTRANCARAM A PORTA depois que ele terminou o café da manhã que ela preparou enquanto eu esperava no corredor do lado de fora. Quando dei um passo à frente, ela se apoiou no encosto da cadeira dele, pronta para empurrá-lo para a frente ao menor sinal. Era evidente que ela estava brava comigo. Percebi isso na maneira como suas sobrancelhas grossas estavam erguidas. Brook estava ereto na cadeira, tentando aparentar pelo menos um metro e meio de altura. Ele estava bravo e assustado.

"Estamos saindo. Podemos passar?", perguntou.

Ela olhava para a frente.

"Com certeza."

Mas eu entrei, não recuei como eles imaginaram. Só parei quando cheguei nas janelas da sala de estar. Queria atravessá-las.

"Vou esperar."

Ela saiu empurrando a cadeira e batendo a porta com força.

"Demonstração de poder", Sestra disse com muita calma. "Cuidado, maninha, não deixe o garoto dela vir à tona."

Eu quase podia ouvi-lo repetir a historinha.

"Ela é maluca de pedra, querida. Quero você fora disso. Ela vai se acalmar. Eu vou acalmá-la."

*

Fiquei na janela, observando até saírem da minha vista. Ela empurrava a cadeira como se estivesse atravessando o palco no Barrymore com um carrinho de flores. Sua postura de bailarina fez com que eu me sentisse toda desajeitada. Corri para o banheiro e vomitei o resto do café da manhã do dia anterior. Por puro despeito, usei a escova de dentes dele. "Ele é só um pescoço e uma cabeça, mulher", disse para minha imagem no espelho. "Ele é horrível. E tem se aproveitado de sua gentileza." O reflexo que me encarava parecia o de minha avó, sem tirar nem pôr.

Saindo do banheiro, sorri para o cobertor e o travesseiro cuidadosamente dobrados no sofá. Eu tinha certeza de que sentira o cheiro dela do meu lado da cama. Me virei e entrei no quarto. Manchas de talco de bebê para proteger a pele dele salpicavam a cama. Eu a deixara nervosa de verdade. Em geral, não sabia dizer quando ela estava lá com precisão. Sem ele presente, o quarto parecia nublado, sem cor, desorganizado. Impressões digitais gordurosas marcavam o calendário de parede à luz do dia. O velho roupão azul felpudo, que eu tinha usado tantos dias antes do amanhecer, descansava largado no encosto de uma cadeira velha. Como será que ela ficaria vestida com ele? Ele brincou dizendo que eu parecia uma pugilista. Me estirando debaixo da cama, peguei os chinelos de algodão barato dela, arranquei as rosinhas de enfeite, joguei no travesseiro dele e devolvi os chinelos aonde estavam. "Vamos sair daqui, minha irmã", Sestra soprou em meu ouvido. "Agora! Ele precisava sugar você pra continuar vivendo. Ele não tinha escolha."

"Você tá dizendo que ele é um vampiro?", perguntei a ela.

"Meio que isso, né, por acidente. Ele sente que tem muitas razões pra viver. Já você parece que esqueceu as suas", Sestra gritou dentro de mim. "Se ame primeiro, irmã."

*

Esperei toda desafiadora, estirada na almofada ortopédica dele. Quando ouvi a porta se abrir, virei as costas para que não tivéssemos que olhar um para o outro. Eu a ouvi deixá-lo na ponta do corredor.

"Por que você está nos humilhando desse jeito?", ele perguntou muito baixinho enquanto vinha bem devagar até a porta do quarto. "Eu te pedi pra sair da minha vida. Você não respeita a minha vida. Nem a sua. Você é uma vergonha pra mim. Eu não te amo." Mas você precisa de mim, pensei, apertando os olhos.

"Você acha que eu sou louca. Que uma mulher em sã consciência poderia amar um homem que vira as costas pra ela poucas horas depois que ela o ajudou a se virar? Quando te deixo usar meus membros, é lógico que fico cansada." As lágrimas voltaram.

"Você poderia ir embora, Lewis?"

"Eu não consigo!", respondi, me revirando. "Eu quero ir", disse enquanto me levantava e ia em direção à minha garrafa na geladeira.

"Por favor, não!", ele gritou atrás de mim. "Não é a Tommie. É você mesma quem tá causando isso", ele gritou quando cheguei à cozinha.

Um quarto parece diferente quando a gente acorda no chão. Aquele estava silencioso, exceto pelo barulho dele datilografando. A datilografia não era um milagre menor, considerando o fato de que ele usava o pescoço. Minhas bochechas estavam queimando de leve por causa do tapete áspero. Uma garrafa vazia de vodca estava enterrada debaixo da minha axila esquerda. Quase sorri, pensando em como eu devia estar, antes de me dar conta de que estava deitada no chão, pelada, sobre meu próprio vômito. Meus olhos estavam semicerrados. "A mãe aleijada deixou você ficar aqui no próprio vômito." Eu o perdoei por não ter me coberto quando me lembrei de como seria difícil para ele alcançar um cobertor. "Velha bêbada e decadente" ecoava de um ouvido ao outro dentro do meu crânio em luzes neon, sobretudo vermelhas.

"Sai da minha casa e da minha vida", ele gritou. "Não tenho paixão por você."

"Mas tem necessidade." Me vi puxando a cadeira para longe da porta toda vez que ele tentava sair daquele quarto. Ele gritou por socorro mais uma vez.

"Velha parasita, viciada em remédios. Por que eu precisaria de você? Você não pode fazer o que quiser comigo!" Ele levantou a cabeça e a sacudiu até que as lágrimas parassem de cair. "O álcool que você força seu corpo a ingerir destruiu seus órgãos para sempre. Tá saindo da sua boca, da sua bunda e dos seus poros. O único sinal que você ainda não tem é o nariz vermelho e inchado, minha querida", ele continuou, enquanto eu entrava na cozinha e tirava minha quinta garrafa do congelador. "Essa barriga dupla vai virar três na primavera", ele assegurou, quando voltei com a garrafa na boca. "Isso mesmo, menina, faz isso na minha frente. Te ouvi bebendo escondida por meses. Abre mais um pouco sua bunda, chupim. Daqui a pouco vai estar andando de joelhos. Você é um insulto. Bebum. Vai, bebe mais", disse, olhando para mim. "Sim, eu sou horrível. Egoísta. Por que não seria?"

Virei a garrafa e a sequei como se não houvesse fundo.

"Meu cérebro não tá paralisado, Lewis", ele disse. "Mas o seu está. E não por um acidente."

Aquilo pareceu um tiro em mim. Acho que molhei um pouco a calcinha enquanto firmava meu corpo.

"Por favor, vai embora. Não preciso do seu tipo de ajuda. Seu preço é muito alto." Lentamente, desci até o chão. "Gosto de delicadeza, boas maneiras."

"Damas", eu disse enquanto afundava.

"Eu não sou um território pra ser possuído por invasores como você. Você não gosta de como eu conduzo meu trem? Então desça. Agora!" Ele se arrastou até mim. Fiquei feliz por não poder me chutar.

Depois que me levantei, fui atrás de sua poltrona e peguei os presentes de aniversário de Tommie. Eu que tinha escolhido: dois *bodies* do melhor cetim, um azul-marinho com renda bege e o outro verde-escuro e bege, e uma caixa de meias finas pretas. A tesoura estava à espera no fundo da sacola de compras com os embrulhos e fitas. Peguei para usar nos presentes. Seria engraçado ver a cara dela quando abrisse aquelas lindas caixas douradas e encontrasse aqueles *bodies* maravilhosos cortados ao meio. Fui para o escritório dele, com a tesoura na mão. Ele não me olhou até eu chegar bem perto. Vi o puro terror estampado em seu rosto. Levantei as meias pretas no ar e as coloquei na cabeça dele. Os pedaços pareciam nuvens de fumaça caindo. Tentei enfiar uma das meias em sua boca. Então fiz buracos nos *bodies*, bem na altura dos seios. Brook não disse uma palavra, apenas ficou sentado ali, bem rígido. Quando terminei, ele se virou e tentou tirar o telefone do gancho, sem tirar os olhos de mim. Enquanto procurava o número 9, eu apaguei como um conjunto de luzes de árvore de Natal. Os gritos dele por socorro pareciam tão distantes. O sangue e o corte em seu pescoço, o braço levantado para proteger a cabeça.

"Rapazes têm cabeças duras, muito duras", sussurrou Sestra.

Epílogo

Woody! Woo-dy! Wood-dyy! Minha voz gritava em meus próprios ouvidos enquanto entrava no quarto dele. Dirigi a cento e trinta por hora, passei por todos os sinais vermelhos entre Brook e Woody. Sorri pensando neles tentando decidir se me dariam uma multa por excesso de velocidade ou prisão perpétua.

"Oi, Lewis", duas vozes cantaram pouco antes de eu acender a luz. Estavam tentando desdobrar seus corpos rapidamente antes que eu chegasse à cama. Cookie parecia que tinha sido pega no flagra pela mãe, na cama com o malandro da vizinhança. Woody parecia saber qual seria meu próximo passo.

"Oi", ele repetiu. "Achei que você ia ficar na casa do Brook hoje à noite." Ele estava tentando sair da cama e alcançar a cueca no chão ao mesmo tempo. Era a azul frouxa que eu odiava. Cookie se levantou, enrolada no lençol. Devem ter sentido o cheiro da fúria em mim. "O que é isso em você, meu bem?"

Ela tentou passar por mim, mas eu era muito rápida. Acertei um soco nela, bem no meio da cara, um segundo antes de ele chegar até nós.

“Corre, Cookie”, ele mandou. “Espera no quarto da Rose!” Ele parecia tão profissional. “Como você estragou esse vestido tão lindo?”

A voz dele estava muito distante, como se ele estivesse no fundo de um vale falando comigo.

“Ele”, me ouvi dizer.

“Brook?”

“Brook”, sussurrei. Minha garganta doía. “Você tá protegendo a sua vagabunda?” Deixei escapar enquanto o socava no rosto. “Vagabunda comedora de pivete.” Então ele me agarrou e me jogou no chão. “Tá tentando me matar. Você tá tentando me matar”, eu gritava enquanto ele me imobilizava na cama dele. Lembro de pensar que senti um cheiro podre fluindo entre minhas pernas.

“O que você fez, tia Lou?”

“Paralisei a cabeça dele.” Senti uma saliva grossa se formando na minha boca.

“Do Brook?”

“Do Brook”, imitei o jeito que ele falou. “Me deixa levantar, viadinho doido!” Eu estava com frio.

“Descansa, Lewis. Eu já volto”, ele prometeu, me enrolando num cobertor. “Dorme”, sussurrou, enxugando o suor do meu rosto.

Bebezona do papai, me lembro de pensar enquanto era abandonada por meus olhos e ouvidos.

“Eu realmente sinto muito. Sempre acho que as coisas vão dar certo. Isso tá se tornando uma fraqueza minha.” A voz de Woody falhou enquanto conversava com o teto, tentando evitar a mim, minha maquiagem e meus olhos. Ele estava deitado sem camisa na sua cama antiga. Eu estava nua, exceto pela fantasia. As toras na lareira estalavam enquanto ele tentava falar. Eu me sentia leve, me sentia chapada, enquanto o observava em silêncio do outro lado de seu quarto espaçoso. John Blair cantava com sua cítara ao fundo: "*Sometimes when a man loves a woman*".

A única luz na sala além da lareira vinha da única lâmpada da luminária que Woody deixara acesa. Por algum motivo, ele costumava usar apenas uma das oito lâmpadas possíveis. Essa estava fraca. Eu que tinha abaixado a luz. Queria arrancar as coisas dele e jogar no fogo, ver queimar, sentir o cheiro de queimado. A cadeira em que eu estava reclinada era de couro marrom e cromo brilhante. A cadeira de Woody. Talco branco com aroma de lavanda grudava nos desenhos vermelho-cereja e azul-petróleo que eu tinha desenhado no meu corpo. Pintei lábios azuis e olhos vermelho-cereja. A maior parte do meu cabelo estava no chão ao redor da cadeira dele. Ele conseguia ver a fúria agora?

"O que que posso fazer por você, Lewis?", ele perguntou enquanto se levantava para desligar o som.

"Entra rastejando", cuspi, abrindo as pernas, mostrando onde entrar com meu indicador.

"O que mais?"

"Morre! Agora!"

"Não posso fazer isso, Lewis. Não posso morrer por você. Essa é a única coisa que não posso fazer por você, meu bem", ele disse enquanto tirava a calça e voltava para a cama. "Sinceramente, pensei que estava te ajudando."

"Ajudando?" Eu ainda estava dentro de mim, apalpando. Ele estava me olhando.

"Sim."

"Seu filho da puta!", gritei, abrindo ainda mais as pernas. "Você me entregou. Lembra daquela vez que você viu Kitty e Robb me fodendo?"

"Lembro."

"Tava me ajudando naquele dia?", gritei.

"Sim!", ele gritou de volta. "Foi lindo. Todos vocês se amando", ele argumentou.

"Você nunca me deu um bebê." Minha voz saiu baixa.

"Você nunca pediu", ele respondeu.

"Você entrou nos meus sonhos e transformou tudo em fantasias", gritei para ele. "Você atacou tudo até que eu não tivesse mais nada."

"Eu te dei realidade." Sua voz falhou. As primeiras lágrimas vieram. "Minha querida, eu não sabia."

"Você nunca me amou." Lentamente tirei o dedo de dentro do meu túnel e coloquei na minha boca.

"Eu te amo tanto. Pensei que a melhor maneira de te amar era permitir que você permanecesse livre pra experimentar a vida como desejasse." As lágrimas escorriam pelo seu peito peludo.

Tirei o dedo da boca, colocando diretamente na minha rosinha. Estava rígida como mármore.

"Liberdade pra me destruir..."

"Liberdade pra você se amar, Lewis. Pra amar qualquer pessoa que quisesse."

Por um minuto, comecei a me levantar e entrar no armário dele, pegar o cinto preto de couro genuíno com fivela de concha de abalone e fazer o que Augus sugeriu que eu fizesse: "Pega o maior cinto dele, um com fivela grande, querida. Faz ele ficar de quatro e dá nele. Bate nele até o couro rachar ou ele gozar. Aí faz o amor mais carinhoso com ele, querida. Fode ele e a cabeça dele".

"Eu devia bater na sua bunda", disse, metendo na minha rosinha. Podia senti-la começar a se contrair em resposta às minhas carícias.

"Você já bateu, Lewis." Ele parecia um virgem de dezoito anos lá de Muncie, Indiana. "Fode a cabeça dele", Sestra gritou para mim. Levantei e caminhei até a cama, subi em seu pescoço e me agachei para que ele pudesse tocá-la se quisesse.

A sra. Annie Simmons ficou descontrolada um dia, andou pelada na nossa rua. Eu estava voltando da escola. Eles a jogaram na calçada. Ela continuou gritando: "Me ajuda, Jesus. Alguém me ajuda. Tão tentando me matar". O sr. Simmons jogou um cobertor sobre ela, a segurou e esperou pelo policial. Cuspe espumava nos cantos de sua boca enquanto ela se acalmava e olhava fixamente para o céu.

POSFÁCIO

Olhe para trás, mas não fique encarando

O que me inspirou a escrever *Histórias de uma garota malcomportada*? Falta de dinheiro! Eu precisava me sustentar. Minha vida tinha secado. Estamos falando de uma pessoa que se casou duas vezes, teve uma filha aos dezessete anos e estava tentando levar uma vida próxima do normal. Escrever era uma saída para a minha situação.

Eu tinha feito um acordo com meu segundo marido, que era dentista e queria expandir a sua prática clínica e se tornar ortodontista. "Está bem, eu te ajudo a fazer isso." Reconhece essa fala? É a voz de uma jovem esposa que ainda não aprendeu a ganhar o dela primeiro. Passado um tempo, resolvi que era hora de ter uma retribuição: quando ele conseguisse se tornar ortodontista, eu tentaria me tornar quem eu queria ser: livre.

Em 1972, aos trinta e um anos, deixei Detroit e fui para Nova York, para a New School for Social Research, fazer um segundo mestrado, desta vez em antropologia e sociologia. O que também era uma saída pela tangente de meu casamento problemático. O happy hour começava às cinco da tarde todos os dias, que eu tomava com Valium, prescrito por um grupo de psiquiatras para tratar meu transtorno bipolar. Nossas preferências sexuais eram incompatíveis, o que levou ao adultério, embora sempre tenha acreditado que ele fosse honesto; havia provas do nosso amor em nossa casa, nosso iate, nossos carros, ou assim eu pensava. A separação parecia a solução, e foi, por um tempo.

Fiquei fascinada pela vida em Chelsea e Greenwich Village, pelas pessoas que conheci, pelas ruas. Dividi um apartamento em West Village com um psiquiatra que trabalhava no Hospital Harlem. Pela primeira vez na vida, caminhei sozinha. Por fim me envolvi com pessoas repulsivas, personagens perigosos que me fascinavam, mas que repeliam os chamados seres humanos "normais", alguns dos quais consequentemente se tornaram personagens de *Histórias de uma garota malcomportada*.

Durante um dos meus acessos de fúria, voltei para Detroit e fui morar novamente com meu segundo marido e minha filha, Lynne. Eu não gostava de pensar nas consequências do meu tempo fora.

Em 1977, conheci um nobre erudito em Detroit. Cerca de 48 horas depois de conhecê-lo, eu estava completamente apaixonada. Ele era tetraplégico, e onde se esperaria ver apenas um cara numa cadeira de rodas, eu vi um homem lindo, de um metro e noventa e cinco centímetros — e aqueles olhos! Ele me perguntou o que eu fazia da vida; eu sabia que precisava dizer algo para impressioná-lo de verdade. Não podia dizer que estava apenas me divertindo por aí. Por isso, contei que estava escrevendo um livro. É verdade que eu estava escrevendo enquanto estava em Nova York — algo que, aliás, o psiquiatra sugeriu, para que eu fizesse algo além de compras. Mas eu tinha queimado tudo, todas as cinquenta páginas, na lareira de minha casa em Nova York.

Com seu sotaque sulista muito refinado, ele me disse: "Você quer escrever um livro? Ou quer ser escritora?".

"Quero ser escritora."

Minhas leituras na época eram ditadas pelas exigências da sala de aula. Eu estava cansada de ler sobre todas essas histórias trágicas, livros de tantas escritoras, SAMO SAMO SAMO![*] Assim como Basquiat pichou por toda Nova York. Eu queria me desapegar disso, avançar. Estava lendo Iceberg Slim, livros como *Dopefiend* e revistas como *Hustler* e *Playboy*; estava lendo *The Advocate*. Então ele me disse que eu deveria conhecer uma jovem escritora da Universidade de Michigan, Gayl Jones.

Gayl tinha ido trabalhar em Michigan com uma oferta de estabilidade. Ela tinha dois livros aclamados, *Corregidora* e *Eva's Man*. Tudo isso por volta dos seus vinte e poucos anos. Marquei uma reunião com ela e fui de carro até Ann Arbor. Eu tinha meus diários — meu marido tinha me dado uma pilha de cadernos de couro verde com páginas douradas. Deixei-os com Gayl para ela ler e, depois de um ou dois meses, nos encontramos novamente.

Desta vez, perguntei a ela: "Devo ser escritora?".

Quase num sussurro, ela disse uma palavra: "Escreva".

Sem expressão, sem sorriso.

Ela nunca me ensinou como escrever — era crítica, historiadora —, mas sabia, quando me olhou, o que eu precisava ler. Deu-me dois livros, *Everything and Nothing*, de Dorothy Dandridge, a primeira atriz negra a ser indicada ao Oscar, e *Play It as It Lays*, de Joan Didion. Deu-me também uma lista de editores e agentes. Dois ou três deles me rejeitaram. Outra foi Toni Morrison, que prontamente aceitou *Histórias de uma garota malcomportada*.

* "*Same old shit*", ou, em tradução literal, "sempre a mesma merda". (N.T.)

Enquanto escrevia o livro, vivi numa pequena cidade chamada Leland, na península de Leelanau, a cerca de quatrocentos quilômetros de Detroit, no lago Michigan. As casas de veraneio de algumas das pessoas mais ricas do país ficavam ao lado. O pessoal da Ball Mason Jar se hospedava por ali e o filho de Oscar Mayer era dono de um clube de golfe e de um pequeno restaurante. Pessoas imaculadas numa terra imaculada.

Adivinhem? Era maravilhoso! Era o paraíso. Jim Harrison estava por perto, assim como alguns outros escritores. Eu estava escrevendo em um vale de flores silvestres, numa casa construída pelo jovem que a vendeu para mim, junto com uns poucos hectares. Escrevia na minha adorável casinha, na mesa de piquenique ao ar livre, sob o pinheiro, ou nas dunas de areia. Estava no mundo dos sonhos de uma escritora. Era pitoresco e eu estava fazendo exatamente o que deveria estar fazendo. Escrevi *Histórias de uma garota malcomportada* num fluxo de consciência, através dos meus sentidos; ouvindo e sentindo o livro percorrer meu corpo, até a ponta dos meus dedos, segurando um lápis Blackwing. Escrevi da única maneira que sei: dramatizando a verdade, tornando as pessoas maiores do que são — mais grotescas, imorais, indomáveis. Ou seriam apenas pessoas que não costumávamos aceitar como boas pessoas? Era sobre homens que eu conhecia, principalmente — e conheci alguns.

O livro foi lançando em 1984. Dá para imaginar o quanto é emocionante se ver no *New York Times Sunday Magazine*? O quanto é empolgante se ver no *New York Times* numa quarta-feira? Você pode ficar arrogante.

Naquela época eu estava em Yaddo, trabalhando no meu segundo livro, *Mischief Makers*. Enquanto estava lá, alguns outros escritores conseguiram vagas em faculdades e universidades, então escrevi para o departamento de humanidades da Wayne State University e disse que deveriam me contratar como escritora residente — eu era formada naquela faculdade, lecionei por nove anos em escolas públicas de Detroit e era cidadã daquela cidade — e aceitaram. Eu estava tentando descobrir como bancar minha ânsia de ser escritora. Meu adiantamento por *Histórias de uma garota malcomportada* foi de 3 mil dólares, insuficiente para repor a fortuna necessária para escrevê-lo. *Mischief Makers* foi publicado em 1989. Recebi 3 mil dólares por ele também.

Quando a residência estava terminando, disse que queria ficar, que havia mais trabalho a ser feito. Além disso, havia essas pessoas, a maioria brancas, chegando para fazer um único semestre, vindas de Paris ou algo assim, e os gabinetes da universidade ficavam vazios e abertos para elas o ano todo. "Estão vendo todos esses brancos chegando? Vocês precisam me arranjar alguma coisa também." Então, me ofereceram algumas aulas para lecionar em Grosse Pointe.

A essa altura, eu já estava financeiramente falida, assim como meu segundo marido, que foi a inspiração para Woody em *Histórias de uma garota malcomportada*. Ele me disse que não era dono do meu corpo. Mas, entre os sonhos dele e os meus, meu segundo marido e eu tínhamos fracassado. O veleiro, a casa em Detroit, a da península — estávamos vivendo de um modo fantástico, mas quem pagaria a conta de todos esses sonhos? Muitos casamentos não se sustentam para nada além de salários ou filhos, mas as pessoas gostam de fingir que há mais do que isso.

Em 1988, conheci Gloria Naylor. Ela me ajudou a conseguir uma vaga como escritora residente na Michigan Technological University, então deixei Detroit. Lecionei e levei escritores visitantes para a Michigan Tech. Dei aulas e fiz trabalho comunitário. Consegui emprego para algumas pessoas. Criei um evento chamado Tech Take Three. Toda quarta-feira, eu organizava um evento com algum membro do corpo docente ou um convidado — músicos, políticos, acadêmicos — e servia chá e bolinhos. Recebi apoio para convidar a Mãe Rosa Parks para a formatura de 1989, quando ela recebeu um doutorado honorário. Minha maior honra até hoje foi recebê-la na universidade.

E então chegou a hora de ir embora. Era uma vida errante. Parecia que, quando chegava a hora de deixar um lugar, eu iria para um lugar novo, onde poderia aprender e ensinar. Fiz um pouco de tudo o que pude para me sustentar. Pensei em ir para a faculdade de teologia da Universidade de Chicago. Minha filha morava em Chicago e queria que eu fosse para lá, mas antes de eu partir, ela foi me visitar e não quis mais ir voltar, então ela ficou e eu fui para Chicago. Conheci estudiosos de religiões orientais e ocidentais, teólogos. Vivi entre freiras e padres jesuítas — isso me *impactou*.

Depois, conheci a escritora Glenda Taylor. Ela e sua família me acolheram algumas vezes quando eu precisei de um lugar para ficar. Da última vez, voltei da Jamaica depois de deixar um cargo na Faculdade Gallatin da Universidade de Nova York. Eu tinha largado tudo para ir à Jamaica, mas minha saúde piorou lá, então precisei abandonar isso também. Eu não tinha um lugar para ficar. Glenda me ajudou a encontrar um quarto no Abrigo de Saúde Mental para Mulheres de Lenox Hill, para mulheres com quarenta e cinco anos ou mais. Glenda havia administrado diversas organizações sem fins lucrativos e sabia o que fazer; ela já tinha escrito para o prefeito e para o governador dizendo que eu era um tesouro nacional e que estava sem teto, o que eles fariam a respeito? Ela me disse: "Você só vai ficar lá duas ou três semanas", mas fiquei quinze meses esperando uma vaga.

Era uma vida grandiosa, na Park Avenue, a cerca de dois quarteirões do Central Park. As pessoas têm ideias negativas sobre abrigos, mas nem todos são ruins, embora precisem de mais apoio público. Havia muita gente que não se espera encontrar em lugares como aquele: enfermeiras, professoras, empresárias, todas mulheres que sofreram, tiveram problemas mentais, físicos e espirituais; isso tudo somado ao abuso de substâncias e à perda de qualquer status que tivessem. Éramos todos tipos diferentes de pessoas. Uma mulher recém-saída da prisão chegou vendendo itens que havia roubado. Ela não conseguia viver sem as drogas. Teve uma overdose no banheiro e morreu.

Se alguém dissesse que não gostava de mim, aprendi a encarar a pessoa e dizer: "Certo, e o que você vai fazer? Eu vivi muita coisa e não tenho nada a perder". Conversa difícil.

Aprendi que havia trabalho a ser feito: o que poderíamos fazer para que as pessoas em situação de rua fossem mais bem compreendidas? Criei um grupo com duas mulheres, Evelyn e Debbie, chamamos de Daisy Society. Todas faziam perguntas. Eu lia. Glenda ajudava; ela enviava bolos caseiros e organizava ligações com pessoas conhecidas para conversar conosco. Estávamos conectadas ao telefone, sentadas à mesa. Aquelas com alguma renda, benefícios da Previdência Social, compravam todas as frutas frescas e sobremesas que podíamos comer. Conversávamos com elas sobre eleições, sobre seus netos — sim, muitas dessas mulheres, na casa dos quarenta, já tinham netos.

Passei a vida aprendendo sobre outras pessoas. Dá para saber quase instantaneamente com quem se pode trabalhar e quem pode trabalhar com você. Eu conversava com os guardas, com a segurança, com o pessoal da recepção. Sempre perguntava: "O que podemos fazer para melhorar isso?".

Gostaria de voltar àquele vale de flores algum dia. Levaria comigo algumas das mulheres que conheci nesta vida. Teríamos uns cachorros, gatos e um pavão. Descansaríamos um pouco da vida na cidade grande.

Escritoras lutam à sua maneira. No fim das contas, tem a ver com aceitar a vida e seu desenrolar, aceitar outras pessoas. Significa entender que é nossa tarefa fazer o bem uns aos outros. Meu abrigo tem sido a coragem e os dons que meu Deus me deu. Tentei garantir que fiz história enquanto estive nesta terra. E fiz.

NETTIE JONES

Agradecimentos

Em primeiro lugar, meus sinceros agradecimentos a Marie D. Brown. E obrigada a:

Lavern Bostic
L. Todd Duncan
Michael Gonzales
Frank W. Harris
Naomi Huffman
Jenna Johnson
Gayl Jones
Louis Jones
Valerie Jean Kindle
Fern Logan
Toni Morrison
Bonnie L. Rattner
Julia Ringo
Carl Taylor
Glenda R. Taylor

FSC
www.fsc.org
MISTO
Papel | Apoiando o manejo florestal responsável
FSC® C011095

A marca FSC® é a garantia de que a madeira utilizada na fabricação do papel deste livro provém de florestas gerenciadas de maneira ambientalmente correta, socialmente justa e economicamente viável e de outras fontes de origem controlada.

Título original: *Fish Tales*

DIRETORAS EDITORIAIS Fernanda Diamant e Rita Mattar
EDITORA Juliana de A. Rodrigues
ASSISTENTE EDITORIAL Rodrigo Sampaio
PREPARAÇÃO Fernanda Marão e Luciana Araujo Marques
REVISÃO Pedro Siqueira
DIRETORA DE ARTE Julia Monteiro
CAPA Giovanna Cianelli
PROJETO GRÁFICO Alles Blau
EDITORAÇÃO ELETRÔNICA Página Viva

CIP-BRASIL. CATALOGAÇÃO NA PUBLICAÇÃO
SINDICATO NACIONAL DOS EDITORES DE LIVROS, RJ

J67h

Jones, Nettie, 1941-
Histórias de uma garota malcomportada / Nettie Jones ; tradução Nina Rizzi. — 1. ed. — São Paulo : Fósforo, 2025.

Tradução de: Fish Tales.
ISBN: 978-65-6000-137-4

1. Romance norte-americano. I. Rizzi, Nina. II. Título.

CDD: 813
25-99284.0 CDU: 82-31(73)

Gabriela Faray Ferreira Lopes — Bibliotecária — CRB-7/6643

Editora Fósforo
Rua 24 de Maio, 270/276
10º andar, salas 1 e 2 — República
01041-001 — São Paulo, SP, Brasil
Tel: (11) 3224.2055
contato@fosforoeditora.com.br
www.fosforoeditora.com.br

Este livro foi composto em GT Alpina e GT Flexa e impresso pela Ipsis em papel Golden Paper 80 g/m² para a Editora Fósforo em setembro de 2025.